El mar está lleno de medusas

Paola Carola

El mar está lleno de medusas

Grijalbo

El papel utilizado para la impresión de este libro ha sido fabricado a partir de madera
procedente de bosques y plantaciones gestionadas con los más altos estándares ambientales,
garantizando una explotación de los recursos sostenible con el medio ambiente y beneficiosa para las personas.

El mar está lleno de medusas

Primera edición en Penguin Random House: mayo, 2024

D. R. © 2022, Paola Gómez
D. R. © 2022, Bookmate Originals

D. R. © 2024, derechos de edición mundiales en lengua castellana:
Penguin Random House Grupo Editorial, S. A. de C. V.
Blvd. Miguel de Cervantes Saavedra núm. 301, 1er piso,
colonia Granada, alcaldía Miguel Hidalgo, C. P. 11520,
Ciudad de México

penguinlibros.com

Encuentra la versión digital de este libro en www.bookmate.com

D. R. © 2024, Daniel Bolívar Moguel, por las ilustraciones de portada e interiores

ISBN: 978-607-384-537-3

Impreso en México – *Printed in Mexico*

A J., por diez años de
compañía y crecimiento.

A mis amigas, por salvarme de mí misma.

A Naya, que ahora es pura magia.

A todas las que me dijeron:
"Me urge el libro físico".

Y sentí que caía en mi ritmo:
la arena, la brisa, la tarde,
el mar, el mar, cómo puede uno
vivir lejos del mar.

<small>MARÍA LUISA PUGA,</small> *Pánico o peligro*

De mí para ustedes

El año en el que se publicó este libro me mudé del departamento en el que viví más de seis años, perdí la cuenta de los cafés que tomé y de cuántas plantas no sobrevivieron a la mudanza. Me enamoré un poquito más, nació la primera hija de una de mis mejores amigas y mi abuela murió. La vida sucede todo el tiempo como pretexto para llenarla de historias. Mientras escribía este libro me daba cuenta de eso, de que en cuestión de un par de páginas el presente había cambiado y el pasado cada vez se volvía una ficción mucho más consistente. Recuerdo las preguntas previas a la publicación: "¿Le dirás a tu ex que escribiste un libro sobre él?", "¿Para qué hablar de lo que viviste en tu trabajo tóxico?", "¿No te da vergüenza contar que tuviste depresión?", "¿Por qué crees que tus problemas son importantes?", "¿Por qué exponer tu intimidad?". Y no voy a mentir, esas preguntas me apretaban el pecho, pero al mismo tiempo tenía una certeza: esta historia no se trataba de *esos* otros, se trataba de la protagonista y de su camino de aprendizaje. Cualquier parecido con la realidad es mera coincidencia.

Hemos crecido con la idea de que las historias no se pueden tratar [demasiado] sobre nosotras y quiero que sepan algo: esta novela es completamente sobre nosotras. Cada vez que hablo de esta historia, hablo de *la protagonista* en tercera persona y, créanme, no es falsa modestia. Tengo dos razones muy importantes: la primera es que esa versión mía sobre la que escribo ya es pura ficción. Solo quedan las reminiscencias de su existencia, una punzada en el corazón que le recuerda que ella sabe caminar en *su* oscuridad. Ella es ahora el personaje principal de una nueva historia, una distinta. La segunda razón es que esa protagonista no tiene nombre a propósito:

así, cada una puede poner ahí su corazón roto, su manera de sobrellevar la adultez, sus inseguridades, sus caídas y todo lo que somos cuando nadie nos ve.

La primera vez que presenté este libro me encontré con los rostros conocidos de muchas mujeres que han creído en mis palabras; mujeres que decidieron poner en pausa sus mundos para devorar de un día para otro esta historia que me tomó varios años y mucha valentía escribir. Aquella noche todas estábamos conmovidas, ilusionadas. Parecía un sueño colectivo que acababa de cumplirse, y eso me mostró el verdadero propósito de este libro: ser la versión que tanto queremos que, irónicamente, se vuelve el ejercicio más difícil, pues parece que elegirse a una misma es nadar contracorriente.

Siguieron otras presentaciones, conversaciones con lectoras a las que no conocía que se colaban en mis mensajes directos haciéndome preguntas, compartiéndome sus frases favoritas, mandándome *screenshots* de las personas a las que se lo habían recomendado [¡y lo habían leído!]. Incluso una de ellas me mencionó que le parecía que estaba rompiendo esa verticalidad que existe entre las personas que escriben y las que leen, y que esto era precisamente gracias a la cercanía de mi escritura. Esa conexión surge desde la honestidad de las historias que suceden todos los días, en las que aparentemente "no pasa nada" y de pronto se acaba un mundo e inicia otro, todo eso mientras lavamos los trastes o regamos las plantas.

El hecho de que este libro ahora exista en su formato físico, cuando inicialmente solo existió en digital, me hace creer cada vez más en esa conexión con las lectoras, en la fuerza de sus recomendaciones, en las veces que lo han compartido en alguna red social, en todas las reseñas que dejaron en Bookmate, en las ganas que tenemos de encontrarnos por ahí en un personaje que comete los mismos errores que nosotras y se vuelve a levantar. También me revela que, cuando una historia conecta, no importa en dónde se encuentre, quienes quieran leerla lo harán. El futuro de las historias está en lo digital, en el audio, en lo físico, en un hilo de Twitter, en donde sea, siempre y cuando existan personas que quieran leerlas, pues sin ustedes, sin las lectoras, no hay nada.

Por último, quiero recurrir a ese lugar común tantas veces mencionado de que cuando una escribe un libro lanza una botella al mar: no sabes qué pasará con ese mensaje. Ahora puedo decir que sí lo sé: esta historia se enredó en los tentáculos de muchas medusas.

UNA LISTA DE CANCIONES

1. New York [piano version] – St. Vincent
2. Cómo acaba – Elsa y Elmar
3. So sad so sexy [alt version] – Lykke Li
4. VCR – The xx
5. First Day of My Life – Bright Eyes
6. Girls & Boys – Blur
7. I'm Not Running Away – Feist
8. I Love You But I'm Lost – Sharon Van Etten
9. Short and Sweet – Brittany Howard
10. Te guardo – Silvana Estrada
11. Costa Rica – Daniela Spalla
12. Jupiter 4 – Sharon Van Etten
13. Paricutín – Mercedes Nasta
14. Lo que construimos – Natalia Lafourcade
15. People, I've been sad – Christine and the Queens
16. Sola con mi gata – Elsa y Elmar
17. Amapola – Martox
18. Surf – Mac Miller
19. There Must Be a Song Like You – Helado Negro
20. WE – Arcade Fire
21. Karma – Taylor Swift

Caminar era lo mejor que sabíamos hacer

BROOKLYN, FINALES DE SEPTIEMBRE DE 2019

Caminar. Ese fue el verbo que supimos conjugar mejor. También nos amamos muchísimo aquel día en Nueva York: trasbordamos en varias estaciones del metro, conocimos el mar de ese lado del mundo y comimos un hot dog en Nathan's. Te pedí que, por aquella ocasión, tú te hicieras cargo de Google Maps, yo solo quería ver cómo se nublaba el día; imaginar la posibilidad de una nueva vida ahí, una en la que tal vez seguiríamos juntos. En la que seguiríamos siendo presente.

Recorrimos Prospect Park porque creíamos en caminar como forma de conocer las ciudades, para reconocernos, para platicar de eso que a veces la rutina se comía. Andar por el mundo sin detenernos. ¿Y si hubiéramos seguido caminando?

Pero volvamos a ese día y a esa caminata y a cómo mis ganas de conocer los baños de Nueva York nos hicieron ir al Jardín Botánico de Brooklyn.

—¿Quieres entrar? Cuesta veinticinco dólares —me dijiste.

—Es caro, ¿no? ¿Valdrá la pena?

Mencionaste algo de que en Nueva York todo vale la pena, o me lo imaginé. Tú sabías que para mí sí era importante un lugar enorme lleno de plantas y de flores. Y lo fue, porque esa última foto que te tomé implicaba ya una despedida. Escondía una tristeza que llevaba meses arrastrando e intentando domar. Tú y yo todavía íbamos de la mano, mientras caía una suave lluvia y nosotros todavía éramos nosotros. La tarde siguió con más kilómetros, muchos más, pero ahora cierro los ojos y pienso que ese día tuvo todas las respuestas o todas las preguntas. La verdad no lo sé.

CIUDAD DE MÉXICO, INICIOS DE DICIEMBRE DE 2019

Fue muy significativo caminar la ciudad sin ti. Una especie de marcha fúnebre. Una despedida. Al día siguiente, me desperté decidida a tomar la salida de la carretera que no me llevaría de regreso a ti. Te daría las llaves del coche y te desearía un buen viaje. Así lo hice y no hubo soluciones. Solo la firme convicción de que diez años se acaban con una conversación. Nos tomamos de la mano y fuimos a comer pizza.

Sí, caminar era lo mejor que sabíamos hacer. Caminar de la mano, hasta en el último momento.

PARTE UNO

El duelo que viví mañana

UNO

Tengo varias cicatrices en las rodillas, *souvenirs* de una vida en la que corría mucho, me caía y me levantaba. Esos días vivía en un cuerpo muy distinto al de ahora; hoy estoy redecorando un nuevo hogar. Mi número de teléfono no ha cambiado, mi dirección sí. Me distraigo con Leia mientras hierve el agua, casi un ritual matutino. Si en algo creo es en su mirada. Mi cabello ha crecido, mis rutinas de belleza siguen siendo casi inexistentes: agua con jabón. Pongo música cada mañana, quizá para esconder silencios, pero también para despertar a las endorfinas, decirles que aunque la vida a veces no es la fiesta que nos prometieron, no nos cae mal bailar.

DOS

Nos enseñan a sobrevivir los lunes, a tomar café y a hacernos a la idea de que si amas tu trabajo, nunca más existirán los lunes difíciles. *Spoiler*: es mentira. En realidad, se trata más bien de encontrar a la persona correcta para sobrevivir los "domingos de bajón". Después el lunes ya es lo de menos.

—Me quedé dormida, pero ya voy para allá. No me odies —me dijo María por teléfono mientras se escuchaba el graznido de su puerta. Un sonido que me recuerda los días en los que mi corazón se rompió.

—Necesito comida porque dormí fatal —le contesté, perdiendo un poco la paciencia. No soy yo cuando tengo hambre.

En ese entonces acabábamos de inaugurar la tradición de vernos los domingos, de hacer cosas para evitar esa tristeza galopante que te ancla a la cama y a las series de Netflix, solo para después darnos cuenta del tiempo perdido. Nosotras decidíamos emborracharnos con Aperol o ir al súper. Todo dependía de qué tan grande fuera el sentimiento y cuánto dinero hubiera en nuestras cuentas. Encontrar a tu persona no es fácil. Tu alma gemela no tiene que ser alguien de quien te enamorarás profundamente. Para mí es ella, la mujer que me ha salvado la vida incontables veces.

Decidimos ir a comer al lugar en el que, hasta hacía unos meses, me imaginaba una vida distinta, pero un día dejaron de vender la baguette que nos gustaba, y, con eso, la esperanza se disolvió. Al entrar al restaurante, saludé al encargado, quien se alegró tanto de verme que me regaló un poco de la salsa macha que pedía cada vez que iba. El mundo era bueno: esos días la tormenta solo estaba en mi cabeza.

Volteé hacia la puerta con la mirada perdida y, en lo que llegaba María, pensé en cómo nos convertimos en el equipo de supervivencia de la adultez. Recordé una junta en la editorial en la cual se mencionó que el trabajo estaba a punto de incrementar notablemente, por lo que el equipo crecería. Buscaban perfiles proactivos, capaces de hacer de todo, además de editar; alguien con muchas ganas de sumar nuevas ideas. Después de horas de solo escuchar, alcé la mano y mencioné que conocía a alguien ideal para el puesto. Pensé de inmediato en María, aquella compañera de la carrera con la que compartía conversaciones en los pasillos de la facultad. No solo estudiaba Literatura, también hacía una especialización en Arte, y aunque nunca compartimos clases al ser un par de generaciones menor, siempre me asombró su espíritu ligero y su autenticidad.

La contacté por Instagram porque no tenía su teléfono. Habían pasado años desde la última vez que nos habíamos visto. Se había mudado a la Ciudad de México, pero no lograba encontrar trabajo. Le platiqué de las vacantes en donde yo trabajaba, le vendí muy bien lo que hacíamos, en ese entonces las cosas marchaban bien, no tenía queja alguna. Así fue como, un par de entrevistas después, nos convertimos en vecinas de escritorio. La ayudé a dar el salto a la vida profesional. Ante tal situación, me sentí responsable de protegerla de la vida Godínez. Juntas hicimos un manual de supervivencia que seguramente sigue vigente y ella todavía usa. Al poco tiempo, comenzamos a comer en *tuppers* en los parques, a robarle cafés a la jornada laboral y entendimos que la vida era mejor juntas.

Su voz me sacó de mis pensamientos; esos días ahora se sienten como otra vida. Me abrazó y sentí la tranquilidad de saberme en mi lugar seguro. Mientras estuviéramos juntas, nada podía salir mal, o al menos sucedería entre carcajadas e historias que ya me sé, porque a ella se le olvidó que yo se las platiqué.

—¿Ves?, a veces el amor tiene forma de salsa macha —me dijo muerta de risa cuando le enseñé lo que me acababan de regalar.

—Hoy no creemos mucho en eso —le advertí para que no siguiera.

—¿Y en las quesadillas a las que les pondrás esa salsa?

—Ese sí es mi tipo de amor. —Sonreí.

(PARÉNTESIS)

De hecho, no ha dejado de cenar quesadillas desde que salió de casa de su mamá. Algo sucede cuando mira el queso derretirse que le da estabilidad. Como si fuera una constante que no se cuestiona, solo sucede. Así que sí, podemos hablar de amor verdadero.

TRES

Los días que siguieron al final son como un limbo entre vidas: me concentraba en ver las sombras de los árboles para estar presente; repasaba las meditaciones en las que me quedaba dormida durante los primeros cinco minutos, casi todas me llevaban a la conclusión de que hacer eso era una tontería, pero no, mi mente no era un espacio tan amigable; me entretenía con cualquier cosa que me permitiera escapar un rato: deseaba tener un botón de *mute* para que ciertos pensamientos dejaran de estar ahí, como cuando silencias a alguien en Instagram a quien no te atreves a darle *unfollow*; otras veces platicaba con cualquiera que me dejara entrar en su vida un instante para desplazar ese aguacero de pensamientos: hacía amigos en el café, en el restaurante, en la tintorería. Todo se volvía una oportunidad cuando el plan era escapar de una vida que de pronto dejé de entender.

Acababa de renunciar a un trabajo de oficina. Después de tantos años de intentar lograrlo todo, lo dejé, así de simple [mentira, de simple no tiene nada]. Llevaba acumulando razones y pendientes ajenos, pero un día me di cuenta de que no podía más y tuve una pesadilla en la que me ponían un código, era parte del activo fijo: mi silla y yo compartíamos los primeros tres números, los otros dos eran los que nos diferenciaban. Al despertar de ese sueño, pensé en el mar, en una vida más ligera, en ser barista de un café o la jardinera más feliz de la historia. Ahí supe que mi realidad estaba rota. Una no puede dejar de ver la grieta de algo, por más que haya sido resanada con oro, al puro estilo *kintsugi*. Y claro, mi vida no era un jarrón, y el día que se rompió fue imposible resanarla: simplemente se pulverizó.

CUATRO

Desde pequeñas nos cuentan que estamos solas en este mundo, que no debemos depender de nadie. Después nos convencen de que somos mitades que deben encontrar a la otra parte, la que nos completa. Más adelante, que nosotras mismas somos el amor de nuestras vidas. Tantas opiniones e ideas solo se convierten en ruido blanco. Hay días en los que soy el amor de mi vida, otros ni siquiera me soporto. A veces existo y me siento ligera, otras quisiera que alguien cargara un poco del peso que llevo en la mochila. Y sí, eso está bien, he aprendido a aceptar que soy muchas versiones de mí.

Pienso en una en particular: la de aquellas primeras noches después del final, cuando despertaba sobresaltada solo para confirmar que ya no estabas a mi lado. La razón era sencilla: te dije que lo nuestro ya no caminaba. Algunas ocasiones me pareció sentir tu cuerpo al lado del mío y recordaba tus abrazos, tenía la idea de que un amor como el nuestro no me volvería a suceder. Quizá encontraría otras formas, pero ninguna como la que tuvimos. Crecimos juntos, ¿te acuerdas?

Dormía segura a tu lado, teníamos rutinas que decidí romper con la intención de sanar más pronto. Me tocabas con la punta del pie para recordarnos que compartíamos el mismo espacio. La primera noche que estuvimos en el departamento en el que ya no vivo, dormimos sin cortinas, tomamos una foto de nuestros pies en la ventana que daba a *nuestro* parque. Fuimos felices y lo sabíamos.

La casa se volvió un espacio muy solitario, ya no encontraba nuestras conversaciones. Hubo una época en la que platicábamos tanto, no supe en qué momento me volví adicta al monólogo. Los días empezaban con un reporte de las noticias y de los deportes, y yo te contaba de los libros que leía. ¿Te acuerdas de cuando leí a Ferrante? Comíamos tacos dorados los viernes y te contaba por qué Nino Sarratore es y siempre será un patán. Me tomabas fotos. Nunca fuiste por mí al aeropuerto y vuelve a sonar en mi mente "Rosas", de La Oreja de Van Gogh, y me río por extrañar algo que no sucedió. Cuando viajábamos en coche, escuchábamos *1989* de Taylor Swift. Odiabas manejar. Yo imaginaba que un día escaparíamos en carretera y vería cómo se alejaba el pasado en el retrovisor, aunque los objetos estarían más cerca de lo que parecían. Todo eso éramos. Todo eso dejamos de ser.

CINCO

—Esto es un duelo. Tienes que entenderlo, habrá días en los que estarás bien y otros, más o menos. Pero esto es normal.

—Fumaba un cigarro y se acomodaba los lentes de sol.

María cargaba una planta que había comprado, "carísima", según ella. La detuve para tomarle una foto, quería conservar la imagen de su repentina alegría como un recordatorio para los días raros.

—Ya no queremos más duelos. Estoy agotada de la palabra, de la sensación —respondí, pidiéndole que se moviera un poco para que la luz fuera la mejor posible.

Mientras tomaba la foto, pensé en el tiempo que había pasado y, aunque no lo extrañaba a él precisamente, seguían doliendo algunas derrotas.

Nadie nos dice que una ruptura es tan grande como la muerte de alguien. No quiero minimizar ningún tipo de pérdida, pero es muy difícil vivir de pronto con el conocimiento de que la otra persona anda por ahí, con el corazón roto a cuestas, intentando volver a armar el rompecabezas de vida que tiene frente a sí. Como una, justo así. Somos dos personas caminando en direcciones opuestas, en avenidas distintas. Y ya no de la mano, ni siquiera rozándonos los pies.

(PARÉNTESIS)

Duelo. La primera acepción lo define como un "combate o pelea entre dos, a consecuencia de un reto o desafío". Podría aplicar, aunque el "honor de la damisela" quedaría en veremos. La segunda tenía que ver más con ella: "dolor, lástima, aflicción o sentimiento", la que su mejor amiga, su terapeuta y un test de Buzzfeed le diagnosticarían, en ese orden.

SEIS

Antes de escuchar la palabra *depresión* de la voz de mi psiquiatra, intenté lo imposible durante meses: desde el poder curativo
de los cuarzos, pasando por los aceites esenciales, hasta los adap-
tógenos, el CBD y Headspace. Y nada. Solo no podía levantarme. No podía hacer absolutamente nada de lo que me gustaba. Yo pensaba que era un cansancio infinito, pero era algo
más: una tristeza infinita que ni el aceite Cheer de dōTERRA
podría curar, ni aunque me lo tomara en ayunas con agua ti-
bia. Iba por ahí anunciando achaques, como pidiendo ayuda
en voz bajita. Desmoronándome. Me emborraché más veces
de las que me gustaría admitir. Todos habíamos decidido mirar hacia otro lado.

A veces se volvía difícil respirar. Era como si el oxígeno faltara,
como sumergirse en el mar y que una ola te sorprendiera al
salir y no te dejara volver a tomar aire. Angustia. Los párpa-
dos pesados, la falta absoluta de motivación y, de pronto, el
sueño; dormir era mi parte favorita, escapar lo más rápido posible. Dormir donde fuera, como pudiera. Apagarme por completo. Y, entonces, cuando despertaba, ya todo parecía más
sencillo. El Ctrl+Alt+Supr de la vida, el *force quit*. Cuando ya
no había esperanza, allí estaba el sueño.

SIETE

Decidí empezar a ir a terapia porque el medicamento que me habían recetado por fin despejó mi mente. En ese momento comenzaron a desbordarse las palabras. Aunque mis amigas no se cansaban de escucharme, había una vocecita que me decía que si yo no me aguantaba ni a mí misma, por qué ellas deberían hacerlo. Después descubrí que eso es mentira, que solo era la voz narrativa de mi depresión.

—Sabes que lo que estás viviendo es un duelo, ¿verdad? —me dijo la mujer de lentes y mirada serena. Vi sus tatuajes, la miré otra vez y me sentí identificada. Volteé a ver el suelo.

—De unos años para acá solo uso tenis, para salir corriendo cuando tenga que hacerlo —bromeé, pero no había mucho de qué reírse—. Me gusta caminar. Desplazarme me ayuda a entender que tengo un lugar adonde ir.

La palabra *duelo* colgaba de un hilo entre nosotras dos. Volví a mirarla. Quería que fuera mi amiga, pero sabía que eso no podía pasar, al menos no aquella vez, necesitaba muchísimo de su ayuda.

—El otro día busqué el significado de la palabra *duelo* en el diccionario. Mi mente, cuando no tiene respuestas, comienza a buscar y a buscar, como cuando tienes hambre y vas al refri a cada rato, aunque esté vacío. Mi primera opción fue buscar en la RAE. La palabra *duelo* comenzó a existir el día que le dije que lo nuestro ya había terminado. ¿Crees que vuelva a enamorarme?

Esa última pregunta se me resbaló, por más que evité que se me escapara, pero al mismo tiempo se convirtió en una súplica. Le pedí una disculpa por no poder seguir el hilo de la conversación, aun así me mantuve atenta, por si tenía una respuesta para mí.

(PARÉNTESIS)

Solo tuvo dos sesiones presenciales de terapia antes del confinamiento. Ella y el mundo habían comenzado un duelo y ninguno podía sostener al otro. Necesitaba la duración exacta de aquello que pasaba, saber cómo la transformaría, un wikiHow con instrucciones precisas. No hubo nada de eso.

La incertidumbre comenzó a filtrarse por las paredes, como si nadie hubiera impermeabilizado el techo en años.

PARTE DOS

Te dediqué una tesis que no imprimí

UNO

Intercambié el mar de Cancún por los volcanes de Puebla por las siguientes razones: *a)* estudiar en la universidad que quería, *b)* escapar de una ciudad donde sentía que no pasaba nada y *c)* alejarme de mis padres como cualquier adolescente. Durante mis días universitarios utilicé hasta el cansancio una sudadera de Hello Kitty que permaneció en el clóset hasta hace muy poco. Estaba colgada al lado de mi vestido de novia, la tenía guardada como un recordatorio de que fuiste lo más feliz e inesperado, de que existió una versión de mí que se sostenía en tus pestañas, una que hablaba un lenguaje muy íntimo que nos inventamos, un lenguaje que no puedes pronunciar en voz alta porque no quieres que nadie más lo conozca, uno que dejó de existir junto con nosotros.

La universidad me permitió ser tantas cosas: una mujer enamorada, por ejemplo. No puedo separar una cosa de la otra y mucho menos puedo olvidar la manera que tenías de tomarme la mano, de darme la confianza de que así se caminaba la vida. Por eso, ese último semestre, algo cambió dentro de mí: la idea del tiempo se volatilizó y me volví consciente de que todo por usarse se acaba. Ante esto, decidí llevar las materias suficientes como para poder observar el campus con detenimiento, trazar un mapa de los lugares donde nos reímos a carcajadas, donde me encontré contigo sin conocerte y, tal vez, donde le regalé un curita a una desconocida porque los zapatos le sacaron ampollas o donde tomé cafés tan malos que me provocaron taquicardias.

Sin embargo, en esos últimos meses, mi mundo interior se refugió en la biblioteca: encontré el mejor sillón para tomar una siesta, el cubículo en el que te tomé un sinfín de fotos y te llené de besos. Me encontré conmigo misma a través de los libros que tenía que acomodar y del sistema Dewey que tuve que aprender para cubrir mis horas de servicio becario. Así descubrí quién es Marguerite Duras, en una edición muy viejita de Tusquets de su libro *Escribir*. También me di cuenta de que en algún punto clasificaron a Jean-Paul Sartre como Juan Porras Sánchez. Me perdí entre las ediciones de *Cien años de soledad* y hasta escuché por ahí que, quizá, si me robaba la edición príncipe y la subastaba, pagaría mi universidad.

La gente a mi alrededor hablaba de "querer comerse el mundo". Yo, al menos en ese momento, solo deseaba disfrutar de aquel postre que representaban los últimos días en esa pequeña ciudad universitaria, donde comíamos juntos y te contaba de los libros que leía para mis clases. Cuando comenzamos a salir, imaginamos muy rápido un futuro en el que terminaríamos de estudiar y nos mudaríamos adonde fuera, qué más daba. Sin embargo, una piedrita atoró el engranaje: a la mitad de la carrera, tuviste que cambiarte de universidad. Vi cómo una sombra se instaló en tus ojos, noté tu frustración, pues no estabas en donde querías estar, no te revalidaron las materias, tuviste que volver a empezar de cero. Entonces nuestros planes cambiaron: me mudaría de ciudad, tú te quedarías ahí, en nuestro lugar feliz. Yo le daría una probadita a esa vida antes de que tú llegaras. Fingí que saltaría sin miedo, pero me daba pánico el desasosiego que traía consigo el final de una de las mejores épocas de mi vida. De un momento a otro, entendí que nada volvería a ser igual.

¿A dónde irían a parar nuestras certezas? Lejos de la biblioteca, por supuesto.

DOS

Menos mal que te quedarás otro semestre —me dijiste mientras caminábamos por una de las avenidas de aquel pueblo que olía a vaca y a resaca de estudiantes.

—Sí, quiero comer flautas —te respondí, fingiendo no haber escuchado [porque hay cosas que prefiero evadir que enfrentar, como las discusiones sin sentido, pues una vez que les encuentro sentido, es imposible detenerme].

—No vas a terminar la tesis, así que nos queda un rato más —insististe.

[¿Acaso podías ver lo que significaba el desorden de una vida después de aquella?]

—Claro que la voy a terminar, de qué hablas. He estado investigando, solo me hace falta escribir y listo.

Tal vez no supe leerte, quizá deseabas que me quedara un ratito más. Pude haber jugado a la graduada de Literatura sin rumbo, pedir un trabajo en una librería, leer contigo por las noches, escribir una tesis que significara un pretexto para seguir con esa vida que a veces se me antojaba prolongar; eso que los demás hacían, pero yo no: de pronto sentí prisa por jugar a la adulta que tiene su vida en orden. Esa versión de mí que quería que el tiempo pasara más rápido para que un día, por fin, despertáramos juntos a diario.

—Vamos a ese lugar donde bailan las flautas, ¿quieres?
—Ese era un chiste tan nuestro que podía acabar con cualquier silencio incómodo.

Lo más difícil del final de una relación es escribirla en pasado, cuando todavía vibran los recuerdos en presente. Eso y los chistes locales. Tengo un cajón lleno de ellos.

(PARÉNTESIS)

Ese día vivirá en su memoria. Sin importar cuánto tiempo pase, solo ella conocerá el motivo real que la hizo escribir una tesis en tiempo récord con tal de demostrar que sí podía, que no dejaba las cosas a medias. Que se graduaría.

¿Y si él le ofrecía un camino distinto? Tal vez se trataba de eso, de una bifurcación en el mapa de ese momento, una salida por la vía lenta que dejó pasar, porque tenía prisa; siempre tenía prisa de tomar las posibilidades que el mundo ofrecía.

Ese chiste no se les olvidaría, las flautas bailaban y ellos solo eran eso, jóvenes llenos de miedos.

TRES

Todavía se llamaba Distrito Federal cuando me preguntaron a dónde me iría después de terminar la carrera. Claro, porque primero la pregunta es qué vas a estudiar y después son muchas más: ¿Qué vas a hacer?, ¿dónde?, ¿con quién?, ¿cuánto tiempo?

El último verano de mi carrera me quedé en Cholula para terminar la tesis. Durante esos días la lluvia no dejó de azotar una lámina del patio. Me gustaba la idea de que el cielo se estuviera cayendo, aunque solo fuera una llovizna. Quería tener certezas, y al menos esa era una. La segunda fue una *playlist* que aún guardo, por algún lado tenía que empezar a hacer aquello por lo que me había quedado. Algunas cosas me preocupaban más, específicamente las que no dependían de mí. Por ejemplo, el día exacto en el que nos mudaríamos juntos y así comenzáramos lo que se parecería al "resto de nuestras vidas". Todo lo que implicara un cambio en nuestra relación me hacía temblar, pues entre tú y yo había una complicidad que surgía de los largos paseos y de ser *the coolest people in McDonald's*. Pues déjame decirte una cosa, no cambiaría ni un solo *nugget* de cuando creímos que esto que ya no es sería para siempre. En esa ciudad que no era mía [en realidad no era de nadie], fui absurdamente feliz porque, aunque tuviera demasiadas dudas, nada se comparaba con lo que vendría después.

El verano en Puebla es muy particular. A mediodía hace un calor que te pica en los brazos y en las tardes llueve sin parar.

No hice nada durante esos meses, al menos nada que tuviera que ver con la tesis, solo unas cuantas anotaciones para tener el pretexto de usar unos *post-its* muy bonitos. En algún punto pensé que escribir un trabajo académico mientras llovía y tomaba café se parecería un poco a escribir un libro [qué equivocada estaba]. En alguna de esas tardes en las que la llovizna sonaba como un aguacero, decidí que no me quedaría ni un día más del tiempo planeado. Me graduaría y me iría a investigar qué tan amplio era el concepto del *después*, a corroborar que allá había otra vida esperándome. Esperándonos.

(PARÉNTESIS)

A ella le gustan las películas en las que hay momentos luminosos, ráfagas de imágenes que podría repasar una y otra vez. Esta es una selección de palabras e instantes que podrían estar a punto de olvidarse para siempre.

10 de octubre de 2009: "¿Quieres ser mi novia?", le preguntó. Ahí comenzó todo y en su mente sonó "First Day of My Life", de Bright Eyes. "Me dijiste que las rosas amarillas son tus favoritas", le dijo en medio de un beso [y no lo son].

Mientras hacía trabajos finales en Courier New, a doce puntos, con interlineado doble, escribía en su *blog* [el dominio todavía existe y termina en blogspot.com, evidencia de su edad]. Con frecuencia citaba a Carrie Bradshaw en formato MLA, pues a menudo le faltaban palabras para descifrar todo lo que le hacía sentir el amor.

"Eres mi mejor amigo". Una frase que se conjugó en presente hasta que se convirtió en pasado. Nadie sabe a dónde van esas temporalidades.

Spotify guarda un registro sonoro de su relación. Él sigue siendo parte de su plan familiar.

Be kind, rewind.

CUATRO

No sé con exactitud cómo funciona la ciencia de las amigas. Quizá está basada en los espejos. Elegirnos significa reflejarnos: somos la mirada que nos hace falta para vernos completas. Nos convertimos en lugar seguro, espacios a los que podemos llegar con la vida hecha un nudo; habrá lágrimas o risas, abrazos o vino, lo que sea que haga falta. Nadia me ha enseñado eso muchas veces, cuando me ha tocado recoger sus pedacitos rotos, pero también cuando ella me ha mostrado lo infinito del mundo y de sus posibilidades en cada viaje.

Nos hicimos amigas porque las dos estábamos enamoradas y porque, sin saber, Nadia inscribió una clase en la que leeríamos a Simón Bolívar. Esos dos puntos, aunque parecieran excluyentes, crearon un vínculo que se transformó en más de doce años de amistad. Siempre ha existido una gran diferencia entre nosotras dos, pues ella lo cuestiona todo: la ubicación geográfica, nuestras profesiones y, por supuesto, el amor. Nadia ha construido su vida desde la idea de los fuegos artificiales, desde la certeza de que cada día está hecho de momentos que son tan efímeros que acaban antes de que yo le ponga el punto a esta oración, pero que si son lo suficientemente especiales, se vuelven inolvidables.

Mientras fuimos estudiantes vimos cómo nuestras relaciones se transformaban: la de ella se llenó de preguntas, y la mía, de afirmaciones. Varias veces intenté convencerla de no hacerse esas preguntas, ya que cada vez que surgían, yo veía a la mala suerte sentarse a lo lejos. Sus dudas eran un mal augurio para mí, pues yo nunca quise cuestionarme, y si su relación terminaba, me daba pánico que a la mía le pasara algo parecido.

Esto lo entiendo mejor cuando lo miro a la distancia, y nos veo sentadas en una banca de la universidad, dos adolescentes, llenas de potencial, queriendo amar como las mujeres de sus novelas favoritas. Ellas no sabían nada. Ahora sabemos un poquito más, pero seguimos abrazando con fuerza esas antiguas versiones de nosotras.

—Nos fuimos juntos a Oaxaca —me dijo Nadia.

—¿Cómo? —Claramente no se refería a Fernando, pues él ya no estaba en México. Había alguien más y la pizza que comíamos se me desdibujó.

—Dormimos juntos —aclaró con ese eufemismo porque estaba consciente de que si decía *cogimos*, yo me iba a soltar a llorar.

Los fuegos artificiales con Fernando se habían disuelto en medio de una noche estrellada. Él dio por hecho que iba a estar ahí y ella quería demostrar lo contrario, volver a los destellos de luz. Esa noche, con la pizza enfrente de nosotras y la pregunta abierta del "qué íbamos a hacer después de la universidad", a mí se me rompió un poco el corazón y el lugar se inundó con un término que comenzaba a escuchar por todos lados: "vida real". Ahí supe que era cierto: las personas crecían, cambiaban y de pronto se convertían en un recuerdo.

Mientras Nadia me contaba su historia, a mí se me nublaron los ojos, y no era que yo estuviera del lado de él. No, estaba del lado de ese amor que *tiene* que durar, porque, carajo, prometimos que habíamos encontrado al amor de nuestras vidas, *teníamos* que cumplir con nuestra palabra. Esa sensación evidenció que no me sentía lista para una vida de cambios, para salir de esa ciudad universitaria, para terminar la tesis, para entender que las personas necesitan probar a otras personas. Lo cierto era que, en pocas palabras, no podía seguir ordenando la misma pizza en el mismo lugar una y otra vez. Estaba a punto de graduarme de una carrera donde "enfrentar la realidad" claramente no era un objeto de estudio. Navegar en los márgenes de la ficción, sí, y esa noche algo se quebró. Para evitar que los pedacitos de cristal me cortaran, decidí pedir el mismo postre.

—¿Ya no lo quieres? —le pregunté mientras combinaba el *brownie* con el helado de vainilla, porque no sabía qué otra cosa decir ni qué hacer.

—Es más complicado que eso —contestó.

—¿Por qué todo se siente como un final? —le dije sin pensarlo.

Me regaló una mirada llena de ternura. Era evidente que no quería romper mis ilusiones, así que cambió de tema y no me contó la historia que claramente moría por platicarme; entendió que yo le suplicaba en silencio que no lo hiciera. A los veintidós años no tenía la capacidad para entender que *esa* historia no se trataba de mí, sino de ella. Las amigas tenemos un lenguaje que coincide en las miradas, en lo no dicho. Y Nadia ha cuidado mi corazón mejor que nadie.

(PARÉNTESIS)

Nadia ahora tiene una casa y un esposo. En menos de dos años, se casó varias veces con él, así de segura está de haber encontrado al amor de su vida.

Ella tiene un perro, que era de dos, y muchas plantas, que son de ella.

El mundo se respira detrás de un cubrebocas.

CINCO

La gran paradoja de ser parte de una generación que descubrió el mundo en las redes sociales es no saber cómo borrar las fotos de Instagram. Crecí con el internet, con la idea de dejar un registro por si algún día necesitaba volver a tocar base con esa antigua versión de mí. Tuve diecinueve, veinte, veintitantos y coleccioné muchas fotos de ti, de tus gestos. También de nosotros, de los días que nos poníamos elegantes y coleccionábamos fotos de bodas. Ahora no sé si esa tendencia a *no olvidar* me vuelve adicta a la nostalgia o es porque soy una terca empedernida. No es que no sepa borrar nuestras fotos, sino que eso también implicaría borrarme a mí. Quería una ventana y una vida a tu lado. Y la tuvimos. Hay fotos que lo comprueban.

Otros días pienso que lo de menos es borrar las fotos. Mi memoria guarda palabras, imágenes, sensaciones, y a veces me asfixia. Recuerdo, por ejemplo, haber entrado a la universidad y escribir como quien no sabía hacer otra cosa, aunque los profesores nos insistían que no estudiábamos para eso. En un acto de rebeldía, no solo continué con mi *blog*, también comencé a escribir una columna en el periódico universitario [que mis profesores leían]. Me aferré a mi diario con un rigor que me gustaría volver a tener y, cuando llegaste, abrí un Tumblr: quería un registro de cada cosa que nos sucediera. ¿Cómo borras eso? Prácticamente sería eliminar mi registro de existencia en el internet, y ¿qué pasa cuando no existes ahí?

La tesis significaba eso, un paso más en mi idea de dejar registro. Me tomé muy en serio lo de ser escritora durante un semestre, aunque significó pasar los días con la nariz metida entre libros que sustentaran una hipótesis y mi necesidad de entender que era muy normal que sintiéramos que la realidad nos había fallado, que los sueños eran mejores y la ficción, una decisión de por vida. Ya no sé qué me atraía más de ese momento: las ganas de graduarme o la necesidad de dedicarte esa tesis. Quería agradecerte estar en mi vida, ser parte de la magia de esos días en los que nos mirábamos el uno al otro y no cabía más mundo, porque eso "promete la gente cuando se quiere", o algo así dice Café Tacvba, ¿no?

"Hay una sola persona a la que extrañaré más que a cualquier otra en el mundo y es a ti. No hay más, nada más". Encuentro una entrada en mi Tumblr de aquellos días próximos a graduarme y no sé si esa ausencia ahí estaba y solo aprendí a vivir con ella. ¿Por qué nunca pedí más? Quizá la respuesta está en la nostalgia que se nos desborda a los *millennials* o simplemente en que amarnos así, en grande, era suficiente, justo como *yo* lo quería. Incluso alguna vez te dije que te extrañaba aunque estuvieras ahí. Sí, había mucha poesía en esa frase, y es verdad que en esos días éramos cómplices de la invención de un mundo que borraba los límites entre el inevitable futuro y el nuestro, un presente en el que queríamos más de nosotros.

—Te amo, muchísimo —te dije en voz bajita mientras esperábamos el camión que te llevaba a casa. Lo pronuncié como un susurro, como un recordatorio contra todo tiempo y espacio. Como algo que sobreviviría a cualquier fin del mundo.

—Yo más, yo siempre gano. —Y sí, siempre ganaste.

SEIS

La noche en que nuestra historia empezó el cielo se caía. Llovía y yo me había tomado todos los tequilas del lugar. Bailaba, confundí tu nombre, ¿bailamos? Más adelante, pensamos varias veces en cómo le contaríamos esa historia a nuestros hijos. Nunca me imaginé que la primera posibilidad sería escribirla en pasado. Pero esa noche llovía y nos besamos como si no supiéramos lo que eran los besos: había urgencia, necesidad; desde ese momento nos pertenecimos, incluso cuando al día siguiente, un 17 de septiembre, cumpliste con tu palabra de volver a vernos para confirmar que esos besos existían sin tequila de por medio.

Te conocí durante mi tercer semestre, y esas noches de fiesta y de despertar en casa de otros, pensando en la siguiente fiesta a la que iríamos, terminaron en un pestañeo. El mundo que tú y yo comenzábamos a descubrir parecía expansivo e ilimitado. Traías contigo esas cosas que yo necesitaba: horas de plática, besos profundos y un futuro que, con solo diecinueve años, nos tomábamos muy en serio. Una noche me dijiste que por primera vez habías encontrado el lugar en el que no te sentías nervioso. Ese lugar que era yo.

Nunca fui ni la popular ni la guapa de la escuela. Crecí con la idea de que mi papel era el de la *rara*. Por ende, no tuve novios ni novias, ni siquiera estaba enterada de las opciones que podía haber. Preparaba una *playlist* de música triste cuando veía que mi *crush*, que en ese entonces no se llamaba *crush*, ya salía con alguien más, y las cartas de amor que le había escrito se hacían pedazos antes de mandarle un zumbido por Messenger. Ahora pienso que deberíamos dejar que nos rompan el corazón varias veces antes de tener una relación larga. Al menos eso le digo a esa persona que fui a los diecinueve y que juró un amor eterno que no lo fue y que, cuando terminó, se dio cuenta de que en las seis letras de ese adjetivo cabe tanto espacio.

Aquellos días de mi último semestre universitario se convirtieron en una despedida de aquel primer *nosotros*. Y aunque me agarraba fuerte a algunas ideas, a las posibilidades de la vida profesional, de ganar dinero y hacer lo que se me diera la gana, de un día vivir juntos, todo se me escapaba de las manos. Nadie nos dice que crecer es una trampa, pero que es inevitable. Y fue justo en esos días que hice un plan, porque soy ese tipo de persona: "Terminaré las materias que me faltan y él me alcanzará allá, cuando tenga más claro el panorama, cuando ya lo tenga todo listo", me repetía como un mantra.

Aprobé mi tesis por unanimidad, obtuve una mención honorífica, pero nunca la imprimí, ni siquiera incluí una dedicatoria o una sección de agradecimientos. Supongo que implícitamente te la dediqué desde el momento en que me dijiste que no la terminaría. Creo que eso fue algo que siempre intenté: demostrarte que podía. Ahora lo único que quiero demostrarte es que esos años fueron maravillosos, que el amor por primera vez se sintió muy nuevo y mi corazón muy rojo. Que los besos existieron, pero no supe cuándo se nos acabó la urgencia y llegó la prisa. Porque aunque sea un matiz muy ligero, la primera palabra, *urgencia*, implica deseo; la segunda, *prisa*, implica que hay algo más importante que hacer que eso que se está haciendo. A nosotros la vida se nos llenó de prisa.

(PARÉNTESIS)

Una de las últimas cosas que le dijo fue que todo sería igual
que antes si ella volvía a ser la misma de la que él se enamoró
a los diecinueve.

Pero ella ya no sabe quién era esa persona.

PARTE TRES

Llorar

en el plan editorial

UNO

Ser adulta no fue para nada una buena idea. Me han cortado la luz más veces de las que me gustaría admitir, los impuestos me han ocasionado gastritis nerviosa, los meses duran demasiado poco, y me doy cuenta de eso porque hay que pagar la renta. Por fin tengo dinero para hacer lo que quiero, pero ya no tengo tanto tiempo para mí.

Al graduarme perdí muy pronto el brillo universitario y me arrepentí de haber tenido prisa por el futuro; de pronto comencé a extrañarlo todo. ¿Qué haces cuando estudias Literatura, terminas una tesis y te cambias de ciudad? Lo primero fue comenzar a correr: intentar escapar de la adultez, de todas las preguntas, y sumar kilómetros.

Lo segundo fue buscar un trabajo.

Nadie nos dice que nuestro primer trabajo será parte de nuestra educación emocional, pues es la primera vez que creen en ti profesionalmente o que entiendes lo que es ser parte de un equipo. Mi primera nómina venía de una agencia digital en la que me demostré a mí misma que podía divertirme jugando a ser adulta, porque esa oficina se parecía más a un salón de clases que a la vida real.

Era muy feliz en ese trabajo: creaba contenido, iba a conciertos y entendí la idea de que no tenía que apasionarme por lo que hacía, también podía divertirme. Si esta fuera una historia de amor, contaría el momento en el que dejé la relación sana por la tóxica… pero no lo es, ¿o sí? Un día recibí una llamada en la que me ofrecían un tercio de mi sueldo de ese momento, era "el trabajo de mis sueños". Y fue tan fácil decirle adiós a lo poco o mucho que había construido hasta ese momento que di el salto al vacío, con paracaídas, claro... pero no me enteré de que no servía hasta que necesité abrirlo.

Estudié Literatura para dedicarme a los libros; eso era lo que tocaba hacer. Esa llamada se convirtió en un trabajo de seis años en el que encontré mi vocación y también la sensación constante y sonante de no ser suficiente.

(PARÉNTESIS)

Bienvenida al "trabajo de tus sueños". Seis años de tomar la línea naranja del metro, caminar menos de un kilómetro para llegar al edificio, pasar el acceso por los torniquetes y subir al piso dos. Checar, de diez a seis, dos horas de comida. Regresar a casa a las siete, ocho, nueve, dependiendo del día.

Se repite.

DOS

El día en el que decidí que ya no quería trabajar más ahí sabía a despedida, como cuando te llaman para darte una mala noticia y sientes que el teléfono suena diferente. No era la primera vez que estaba frente a un final, por lo que decidí tomar algunas precauciones para evitar desbordarme, para no ser "demasiado sensible", como solía decirme mi jefa cada que tenía la oportunidad de hacerlo. Preferí no tomar café esa mañana, pero sí un par de ansiolíticos y repasar el discurso que llevaba el fin de semana planeando.

Ya no quería estar ahí, llena de correos electrónicos y llamadas del conmutador, aunque eso era lo de menos. La serie de procesos que vivía mi mente, mi cuerpo y mis emociones en aquel lugar me volvieron una persona ácida, con una ansiedad galopante y varias inseguridades que se escondían detrás de mi eficiencia. A veces me sentía como la Sirenita, que había intercambiado su voz por "el trabajo de sus sueños" [¿el amor qué?]. En ese momento necesitaba recuperar esa voz para pronunciar aquello que temía, y era que ya no quería estar ahí.

TRES

Llevaba una colección de regaños bastante memorables, y no solo para mí, para otros también, porque el escarnio público era algo en lo que el director se distinguía. Aunque no siempre fue así. Ahora pienso que más o menos sucedió como cuando en la escuela eres la bien portada y un día le contestas al profesor, algo en el encontronazo de esas dos fuerzas hace que todo se vaya por la borda.

Cuando vuelvo al pasado, a esa sala de juntas, todo está ahí, intacto. La primera noticia: por tu culpa se van a tirar nueve mil ejemplares. El error: llamarlo mi culpa. El objetivo: la necesidad de un chivo expiatorio. La segunda junta: un regaño monumental.

Palabras y más palabras: sobre la ineficiencia del proceso editorial, sobre el error que costaría tiempo y dinero, además de una apelación a mi arrogancia. Yo hice lo que sé hacer muy bien: llorar. No encontré la manera de defenderme más que mirar el celular, para que al menos no tuviera que mostrar la cara hinchada. De pronto, una frase que sigue en carne viva y que escuece los días difíciles: "Tu trabajo es una pendejada". En ese momento, esa versión indefensa de mí enfureció, o más bien, enloqueció. Si nadie en esa sala de juntas iba a detener al animal que mostraba los colmillos frente a mí, entonces yo lo haría, me defendería como pudiera. Y por supuesto que no estuvo bien visto.

No quería volver a la oficina, me avergonzaba que me hubieran visto así, cuando claramente "la loca" no había sido yo, sino la persona que lo provocó. Sin embargo, volví, y, para mi sorpresa, la misma persona decidió convocar a un pastel para felicitar los logros del equipo editorial. Ante mi negación a asistir, recibí un correo en el que se señalaba mi falta de madurez, lo poco preparada que estaba para la vida adulta. El chiste se cuenta solo.

A la siguiente semana tuve que pedir disculpas, apelar a lo mucho que amaba mi trabajo, a lo que ahí había aprendido, en ese lugar al que "pocos pueden acceder", porque hubo una insistencia en que eso quedara muy claro. En esa segunda reunión, él recalcó mi inmadurez: yo ya estaba cerca de los treinta años y seguía actuando como una niña. Incluso se metió en mi vida personal, al igual que en innumerables ocasiones, como la vez que me llevó a cenar para convencerme de que el matrimonio no servía de nada o las veces que me dijo que a nadie le importaba si subía a mis redes sociales los kilómetros que corría. La delgada línea entre lo profesional y lo personal se había borrado y, justo desde ese lugar, él comenzó a actuar. Mi rebeldía incrementó, por supuesto, y también mi hartazgo. Habíamos cruzado fronteras y entonces ambos íbamos a ver quién sobrevivía. Una batalla perdida, por supuesto.

CUATRO

Los lunes de los últimos dos años eran una de las razones por las cuales alguien podría usar la frase: "Lunes, pero a qué costo". El equipo tenía una junta con nuestra jefa para iniciar la semana en la que revisábamos proyectos, aunque *revisar* no era la palabra correcta, ella hacía tantas preguntas que parecía que la única intención era vernos fallar. Me repetía para mis adentros que no era algo personal, que era trabajo, aunque al verlo a la distancia prefiero pensar que todo es personal, pues en cada cosa que hacemos involucramos un poco de nosotros. No podemos ser alguien completamente distinto en nuestra manera de liderar, de trabajar o de llevar a cabo cualquier cosa: eso es lo que nos distingue de otras especies [o de las máquinas].

Sin embargo, a pesar de esa inspección, los lunes eran mis días favoritos. Compraba flores, pasaba por café, me daba el tiempo de anotar cada pendiente y tarea que tenía que cumplir durante la semana. Me gustaba tanto mi trabajo que el error fue usar el verbo *amar*, como si se tratara de una persona, de construir una relación que tuviera un final feliz. Eso es lo que creemos durante los veinte, así debe ser, y entonces las relaciones románticas y las laborales comienzan a parecerse: tenemos que ser alguien para la otra persona, debemos poner todos los huevos en la misma canasta porque hay que comprometerse. Al final perdemos de vista que solo se trata de un trabajo. A pesar de eso, me encantaba hacer lo que hacía: revisar manuscritos, trabajar con los autores, negociar contrataciones, pensar en los lectores jóvenes que leerían una historia que los entendería.

Además, ahí estaba María siempre, muriéndose de miedo la mayor parte de las veces, pero encontrábamos la manera de desafiar la hostilidad, íbamos a la máquina a comprar cacahuates y les pintábamos caritas tristes. Valía la pena concentrarse en eso: en los libros y en la hora de las amigas.

(PARÉNTESIS)

Cuando tiene dudas, hace una *playlist*, y cuando está segura de algo, también; no hay puntos medios. Las que creó en los últimos meses de su vida anterior son muy significativas:

Días de mucho trabajo: Para sobrevivir, aunque fuera por pura inercia y con un buen *soundtrack*.

Días bonitos y días difíciles: En colaboración con una de las mujeres que le salvó la vida en *esos tiempos*.

Running with my eyes closed: Para correr, aunque fuera solo un intento, y recordar lo que era poder entender su vida sumando kilómetros, como cuando decidió volverse adulta.

Throwback me: Para aferrarse a la versión de dieciséis, a la que sigue dedicándole cada logro y cada fracaso.

Bosque mágico: Para ir a la naturaleza a entender su depresión y sentirse chiquita en medio de aquello [no lo logró].

Un poquito más: Aguanta, corazón, ya casi acaba.

Turquesa: Ya no existe esta lista, porque esa persona con la que la hizo le sigue causando incomodidad y sonrisas.

Se sumó una *playlist* más: *Un corazoncito roto*. Después el fin del mundo se sintonizó a través de Spotify y en todas las plataformas de audio y video.

CINCO

Quiero regresar al final, al momento en el que decidí que ya no podía estar un segundo más ahí. Y es que los días comenzaron a sentirse como cuando vas a clases de natación y hay que practicar clavados en la fosa. El punto es sobrevivir; lo que aprendiste en las clases de natación pasa a último plano.

La mañana de aquel día esperé a que me llamaran y yo tenía miedo de que la gasolina que me daba el ansiolítico se me acabara. Finalmente escuché las cinco letras de mi nombre y caminé por última vez hacia ese cubículo de menos de dos metros cuadrados, en el que no era novedad que se escucharan gritos o risas, dependiendo del ánimo o de la estación del año. No fue la primera vez que apelaron a mi lealtad o que me hicieron dudar de mi cordura [su terrible *gaslighting*], pero sí sería la última que estaba dispuesta a escucharlo. Mis manos comenzaron a resbalarse. Ya ni siquiera los ansiolíticos domaban el miedo.

—Esto se acabó. Por todo el cariño de seis años de relación laboral, no me hace bien estar aquí —apelé a su estrategia favorita, la idea de la familia laboral—. Ya me duelen los pies, los zapatos me quedan chicos y necesito espacio para crecer [o para correr].

SEIS

A veces pienso en ella, en la mujer que se quedaba callada ante el hombre con poder, porque ella podía creer tenerlo, pero cada vez que alzaba la mirada, se golpeaba con un techo de cristal. Todavía admiro y guardo lo que hizo por mí, aunque su silencio me sigue trastornando, precisamente porque ella tenía las llaves que podían hacer la diferencia. Se necesita mucha valentía para soportar la incomodidad.

Es curioso cómo en esta historia ella es la que tiene menos importancia. A veces me da un poco de tristeza imaginar todo lo que podría ser y no será. Unas semanas antes de esa última reunión, me llevó a una sala de juntas para regañarme en nombre de él. Me dijo con la voz entrecortada que era la mejor editora de su equipo, que llevaba varias condecoraciones en mi chamarra, pero que era demasiado sensible [una vez más]. También mencionó que ella sabía lo que era divorciarse de un hombre bueno, y entonces lloró. Fue nuestra última conversación sincera.

(PARÉNTESIS)

Hay historias que todavía no sabe cómo contar. Ellas dos eran amigas, cómplices y, durante mucho tiempo, fue su mentora. Hasta el momento en el que ella pensó: "No quiero ser nunca una jefa así". Ahí se rompió todo.

Un día le contó que, después de veinte años, se estaba divorciando, y la fuerza que había en su liderazgo se disolvió en unas lágrimas. Por primera vez, pudo ver a la persona que realmente existía debajo de la coraza. Incluso le pidió que fuera su madrina de ramo y la acompañó a elegir el vestido con el que se casaría. Pero también tiene grabadas todas las ocasiones que le pidió que no fuera tan sensible, como si fuera una enfermedad contagiosa. O la vez que le sugirió irse al estacionamiento a llorar en lugar de hacerlo en la oficina, porque ella también lo hacía.

Ellas dos tuvieron una verdadera amistad.

SIETE

Se lo dije muy claro: "Le tengo miedo. Cada vez que está en la oficina, me da pánico". Vi su cara nerviosa. Decir eso en voz alta significaba mucho. En estos tiempos, incluso, se convierte en una declaración peligrosa, incómoda. Justamente era eso, pánico, y en medio de una crisis personal, lo que menos quería sentir.

Cuando estás a punto de cumplir treinta años, te acabas de divorciar, tienes que pagar una renta y mantenerte de alguna manera, "el trabajo de los sueños" pasa a último plano. En serio. Quieres un sueldo que te permita pagar el tratamiento psiquiátrico y el acompañamiento terapéutico, que te deje pedir comida a domicilio los viernes para llorar a gusto, que te dé la tranquilidad de que solita puedes, que no necesitas a nadie más. "El trabajo de los sueños" estaba lleno de historias, de amigos que escribían, de libros y de un *glamour* que solo existía porque nos encantaba mirarnos el ombligo, pero apenas podía pagarme la renta y salir justa con los gastos. La comida a domicilio era un lujo de una vez al mes y eso gracias a la tarjeta de crédito.

Llevaba meses mojando el plan editorial con unas cuantas lágrimas. No podía sola con todo. Pedí ayuda un par de veces para que alguien se sumara a mis proyectos, pero crecemos con la idea de que hay que aguantar, de que hay que sacar la casta. A veces me escucho y las frases están plagadas de metáforas bélicas. Debí repetirme un poco más que aquello era un trabajo y no una guerra, que podía salir de ahí a la primera señal de alerta. Sin embargo, decidí no hacerlo. Y cuando lo hice, me sentí como ese meme de Nicole Kidman al divorciarse de Tom Cruise. En esa expresión hay una libertad y una valentía con las que me identifico.

OCHO

—¿Y ahora qué vas a hacer, hija? —me preguntó mi madre mientras veía su celular.

Es el fin de mi mundo y ella lo sabe. No cuestiona la decisión de que me haya separado, las madres saben perfecto cuando estamos a punto de quemar nuestras naves. Me enchino las pestañas y me hago la que no entiendo.

—Te esforzaste mucho por conseguir tu trabajo, luego quisiste casarte. ¿Ahora qué quieres?

También tenemos que aceptar que esas preguntas en un mal momento pueden hacer que nos arranquemos de golpe las pestañas y digamos algo hiriente. Pero ese día sabía que tenía razón, todo estaba cambiando, y, por primera vez, yo no tenía prisa de vivir.

—No llevo agenda, mami. Estoy muy cansada —le dije y no sé si se me cortó la voz o quise darle un toque extra de dramatismo a este momento.

Mi mamá no dijo nada, no me pidió que me preocupara por mi futuro ni por el dinero ni por los ahorros. Por primera vez en su vida, no opinaba sobre nada y eso me dio certezas. Si saltaba al vacío, ella iba a estar ahí. Tuve que llegar hasta ese punto de mi vida para entenderlo.

(PARÉNTESIS)

¿Y él?

La realidad es que en estos capítulos de su vida no lo incluyó. Necesitaba tener algo solo para ella; su trabajo se convirtió en una habitación propia. Sus invitados fueron las personas incorrectas, y, cuando lo buscaba, él le pedía que se esforzara un poquito más.

Y ella lo hacía, hasta que ya no pudo.

NUEVE

Me convertí en editora porque se parecía a escribir libros, pero sin la complejidad que eso implica. O quizá solo porque me encanta involucrarme en las historias, en las mías o en las de algunas personas que me rodean. Al final, aconsejar a alguien es proponer correcciones, ¿no? "Déjalo, no vale la pena, mereces un mejor final", le sugeriría a la historia de una amiga en un café o en una nota al margen con el control de cambios encendido.

Terminar una relación laboral larga es raro, se parece a dejar a alguien. Las personas siguen ahí, incluso podrías saber qué está sucediendo en ese instante en la oficina, pero tú ya no perteneces a esa cotidianidad. Aunque podría seguir enlistando las razones por las cuales una relación laboral y una romántica se parecen, voy a introducir aquí un tercer elemento en discordia: el fin del mundo. ¿Qué pasa cuando terminas tu relación laboral y el mundo decide cambiar también de configuración?

En teoría, si esta comparación de la pareja y el trabajo la lleváramos al siguiente nivel, lo que sucedería a continuación sería estar lista para conocer a alguien. Pero en un mundo en el que se convive con un virus letal y las oficinas se trasladaron a una pantalla de Zoom, hay muchas diferencias. Las posibilidades son otras, aunque definitivamente son menos. Queda tiempo para poner en orden los documentos, las ideas, las ganas de no salir corriendo para cuando el mundo vuelva a abrir.

Entre esos documentos y duelos todo se mezcla: las ideas se cruzan, los multiversos chocan. Comienzo a sacar los fólderes que contienen mi vida. En cada uno hay distintos capítulos:

desde mi fotografía grupal del kínder, el certificado de primaria, mi cédula profesional, las acreditaciones de tantas ferias literarias a las que fui. Falta uno: el nuestro. Colisión, choque, explosión. Todo estalla.

No hay rastros tangibles de que hayamos existido, de que hayamos compartido una década de nuestras vidas, parece que solo existimos en las fotos que subimos a nuestras redes. El contrato del departamento está a mi nombre, también el coche que compramos. Hay un pasaporte, una visa, las calificaciones de la preparatoria, pero no encontré el acta de nuestro matrimonio. Pareciera que en la materialidad desaparecimos. Lo único que había eran las entradas a un museo de Nueva York, como un testigo fantasma de ese viaje en el que nuestras manos no se soltaron y las risas se guardaron para siempre. ¿Te acuerdas de cómo brillaba la tarde en Central Park? ¿Cuándo acabaron los días luminosos? ¿Cuándo cambiamos? Supongo que eso pasa, damos por hecho un amor y nos dedicamos a la vida, a todo lo demás.

¿Qué tiene que ver esto con el trabajo? Todo. A veces pienso que mi mejor trabajo como editora fue nuestra historia de amor. Agregaba momentos o quitaba otros con tal de que fuera tal y como mi película mental lo indicaba: una comedia romántica llena de significado. Hasta que un día no supe qué tenía que hacer, cómo recuperar a los personajes, pues cada día la distancia entre ellos se volvió catastrófica. "¡Vuelvan!", les gritaba. Nadie escuchó, nadie quiso corregir, porque de eso se trataba ser editora, ¿no?

¿Y si lo único que necesitábamos era a un escritor fantasma?

DIEZ

No puedo escribir de mis veinte sin pensar en ti. No existe una parte de mi historia sin ti, tengo que aceptarlo. Sin embargo, las veces que quise salir corriendo de esa oficina o las veces que lo hice y llegué a casa con los ojos hinchados de tanto llorar, me pedías que lo pensara bien, que comenzara a ahorrar, que imaginara qué quería hacer. Tenía miedo de confesarte que quería empezar a buscar otro trabajo, sabía que tú necesitabas seguridad, claridad sobre el futuro, saber qué iba a pasar con esa parte de la renta si yo no conseguía un trabajo pronto, cuando lo único que quería escuchar de ti era que aquello no valía la pena, que dejara ese lugar, que mandara al carajo a cualquier imbécil con delirios de grandeza y ya veríamos qué hacer. Me duele pensarlo, pero decidí renunciar porque ya no estaba contigo, ya no había preguntas, ya no tenía que demostrarte nada.

El último día de mi trabajo fue la despedida de soltera de Nadia. Salimos de la ciudad, vi cómo el atardecer se incendiaba. No tenía fuerza ni siquiera para reaccionar, quería que todo se redujera a cenizas y después pensaría qué hacer. Todavía puedo sentir el cansancio de ese día, la necesidad de querer desaparecer por un rato. Me repetían que aquello también pasaría, pero la frase no tenía ningún efecto en mí. Estaba agotada.

(PARÉNTESIS)

Escriba aquí su logro más grande:

La historia de amor que siempre quiso, un amor como el que tuvieron, que, de tanto usarlo, se acabó. Y mientras parte unos jitomates, piensa en aquellos versos de Sylvia Plath:

I think I made you up inside my head.

PARTE CUATRO

Una ciudad que no me da miedo

UNO

Mi abuelo me enseñó a no tenerle miedo a la Ciudad de México. Desde que era muy pequeña, nos escapábamos para ir a recorrerla: nos subíamos a la línea azul del metro y me contaba la historia de cada una de las estaciones. Así fue como supe que Taxqueña llevaba ese nombre por el puesto de comida de una mujer de Taxco que se encontraba allí. Aunque no he podido corroborar esa información, me gusta la idea de que unos antojitos hayan sido tan memorables como para pasar a la historia. También me enseñó que la estación Xola tiene el símbolo de una palmera porque había una ahí donde se construyó, y fue la primera de toda una hilera que recorría la avenida con el mismo nombre.

Puedo presumir que mi buen sentido de la orientación se debe a que me enseñó a asociar los lugares con historias. Ubico San Ildefonso porque me contaba que ahí iba a escuchar las conferencias de Diego Rivera; conozco el extraño y algunas veces desconocido pasaje de libros que va de la estación del metro Pino Suárez a la del Zócalo, pues desde pequeña me encantaban las librerías; cuando pasé por mi etapa de escuchar a Café Tacvba, fuimos al café del mismo nombre y, mientras mi abuelo me enseñaba el lugar, un mesero nos perseguía preguntándonos si queríamos una mesa; conocí Tepito cuando me llevó a escondidas a ver cómo había quedado la nueva línea del metro. Él me mostró la importancia de apropiarnos de los lugares que transitamos, de llenarlos de significado.

Se llamaba Raúl, pero yo le decía "papá", y en gran medida esta ciudad es buena conmigo porque creo que él hizo algún pacto con ella para que me cuidara, pues, a pesar de su inmensidad, nunca he tenido miedo. El día que lo perdí a él también supe que la consecuencia inmediata era crecer. Él me decía algo así como "cuando algo te va a pasar, te pasa y ya, no vayas por ahí con miedo". Justo eso pasó cuando papá dejó de estar aquí. Se fue y ya, aunque a veces viene a visitarme en sueños y enfrenta a monstruos y arañas por mí.

La Ciudad de México es muy seductora: un sinfín de actividades, posibilidades y algún tipo de mito urbano de que aquí quien busca, encuentra. Yo tenía ganas de que sucedieran muchas cosas después de haber vivido en Puebla. Me pregunto qué canción es equivalente a "Welcome to New York" de Taylor Swift, pero entrando por el puente de Zaragoza y no por el de Brooklyn. Aunque nada sucedió en el orden imaginado. Tuve que guardar una lista de cosas que tenía que lograr y dejarme llevar por una rutina que arrastra como una ola. De pronto ya estás ahí, te levantas dos o tres horas antes para llegar puntual al trabajo y después solo regresas a casa a cenar y a hacer un par de cosas más. Y se repite. La vida adulta debía ser así para una recién graduada de veintidós años: sin muchas preguntas, porque se asumen un montón de respuestas. Nadie quiere aceptar que no tiene idea de hacia dónde está caminando o preguntar cuál es la dirección correcta del metro: al fin y al cabo, te bajas y te pierdes entre la multitud.

¿Y nosotros? Teníamos una relación a distancia, algo que no sabíamos bien a bien cómo hacer, pero tuvimos que aprender rápido, pues nos propusimos sobrevivir a esos dos años que te faltaban para terminar la carrera y, aunque no estaban en el plan inicial, sabíamos que era mejor juntos que cada quien por su lado. Yo llené mis días de libros que dictaminaba para la editorial en la que después trabajaría, de viajes en metro en los que leía a Jonathan Franzen, de mis primeros intentos de ser corredora y de encuentros con personas con quienes sigo en contacto. Tú trabajabas en un programa deportivo, combinabas la universidad con los partidos de futbol del Puebla, hacías trabajos en equipo y comías cemitas mínimo tres veces a la semana. Los mensajes que me mandabas aquellos días estaban llenos de ilusión.

Nos veíamos cada dos o tres semanas. No mucho, no queríamos ser exagerados, pero lo suficiente como para no olvidarnos. Nos adaptábamos a esas vidas sin el otro y tratábamos a nuestro amor como algo común y corriente [qué difícil es verlo ahora así, a mí que me fascinan las grandes historias de amor]. Podría asegurar que, por más "te extraño" que intercambiábamos, estábamos descubriendo quiénes éramos y eso tenía sus ratos buenos y malos, peleas, reencuentros llenos de besos. Sin embargo, el tiempo avanzó muy rápido, esos días, meses, años pasaron en un parpadeo, y un buen día ya estábamos haciendo los planes de tu mudanza.

DOS

La ciudad ha vuelto a ser mía, solo mía. He tenido que reaprender a cruzar las calles [aunque sigo intentando hacerlo por la esquina, como tú me enseñaste]. Hay algo muy valiente en vivir sola en un séptimo piso, en una ciudad de alta sismicidad y que, además, se está hundiendo [lo cual ha empeorado todo], en ver los fuegos artificiales un 15 de septiembre y recordar que esa era nuestra celebración. Ahora prefiero prepararme un ramen instantáneo.

(PARÉNTESIS)

La primera vez que puso la palabra *divorcio* sobre la mesa fue después de un ataque de pánico. Él tenía la ciudad de fondo y a ella las paredes de la casa comenzaron a asfixiarla. Decidieron no hablar más del tema y mejor ir al súper antes de que se hiciera más noche; era domingo. Mientras ella esperaba a que le entregaran el garrafón, se tomó una foto en el reflejo de un refrigerador de hielos.

Google: "¿Cómo escapar de una ciudad sitiada?".

Voy a tener suerte.

TRES

"Hace frío, no quiero lavar los trastes", me dijo Carmen en nuestra primera pelea al mudarnos. El plan sonaba perfecto: mejores amigas que vivían juntas en la "gran ciudad". Y lo fue, aunque, claro, tenía sus cosas buenas y malas. La mala: la administradora del edificio, parecida a Dolores Umbridge, incluso en lo detestable [pero cuando la necesité para que prendiera el bóiler, lo hizo sin ningún reproche]. La buena: aprendí a cuidar a un perro, a Amelia, la mamá de Leia. Nuestros días se parecían a una lista de música que pones en aleatorio y lleva tantos días sonando que no tienes idea de qué canción es, pero se siente bien, es *nuestra* música, *nuestro* ritmo. Sin embargo, no logré que lavar los trastes se volviera un hábito recurrente en ella, así que me resigné; unas por otras.

Cuando venías a visitarme, la dinámica cambiaba: Carmen hacía sus planes y nosotros los nuestros. Qué difícil es traer al presente aquello que sucedió en una relación de la cual no guardaste fotografías mentales de cada cosa porque diste por hecho que iba a durar para siempre, así que detalles más, detalles menos, todo comenzó a asentarse. Si en la universidad vivía mi relación como una novedad constante, cuando me mudé a la Ciudad de México había los suficientes distractores para que lo nuestro se convirtiera en territorio conocido.

Carmen estaba ahí cuando te ibas y observaba cómo me metía a mi cuarto sin decir nada. Me falta un pedacito de corazón de todas las veces que me he tenido que despedir de alguien que no está cerca, y despedirnos nunca fue fácil, pues implicaba volver a adaptarme a una vida que me encantaba, que era difícil de imaginar contigo ahí y también sin ti. Carmen me sostenía en silencio, me recordaba que había que hacer algo como ir al súper o terminar de alistarnos para la semana [aunque probablemente también había que lavar trastes].

(PARÉNTESIS)

Hojas de cálculo de Excel. Tener un presupuesto para la economía del hogar, hacer el súper cada domingo de su vida, ahorrar para algo, dormir a una hora específica, pagar la renta con puntualidad. Ella no quería ser adulta, pero cuando jugó a serlo, le salió muy bien. Lo malo eran las noches en las que miraba el techo y se preguntaba si así sería el resto de su vida, si eso era *todo*.

CUATRO

—No sé si estoy lista para mudarme. ¿Y si te vienes a vivir para acá con un *roomie* y yo sigo viviendo con Carmen? —me atreví a decirle una mañana al despertar, aunque también pudo haber sido de noche.

—Eso no está en el plan —respondió contundente. No había dudas: era un hecho.

La Ciudad de México me llenó de posibilidades, aunque también de nuevos miedos. Me sedujo la libertad y muy pronto se sintió como nadar en mar abierto: necesitas mucha experiencia para hacerlo. Me di la oportunidad de dudar del plan que había trazado y que no era precisamente el que quería seguir de inmediato. Quería más noches para bailar con Blur y The Talking Heads en el Imperial. Y no era que una cosa estuviera peleada con la otra, solo no quería perder algo que me había tomado dos años construir y no sabía cómo compartirlo contigo. Así que cuando mi mamá me dijo que no debía mudarme contigo, mi primera reacción fue enojarme; la segunda, pensarlo, y la tercera, proponértelo.

Cuando llevas mucho tiempo con alguien, puedes escuchar cómo late su corazón cuando está feliz, pero también cómo se hace una pequeña grieta, que es probable que no tenga arreglo por más resanador que le pongas. Mis dudas te desesperaban porque no podía dar por hecho lo que tú ni siquiera necesitabas pensar. Esa fue otra de nuestras grandes diferencias. La podíamos hacer de lado, y luego atacaba en momentos muy especiales: por ejemplo, cuando compramos un coche. Fue la primera vez que pensé en la fragilidad del "para siempre", pues te pregunté qué pasaría con él si un día nos separábamos [lo vendimos].

Después de la discusión, regresamos al plan inicial: nos mudaríamos. No seríamos *roomies* de Carmen: ahorraríamos, buscaríamos un departamento en diciembre y a principios de 2015 comenzaríamos una vida nueva, la nuestra. Primera persona del plural.

(PARÉNTESIS)

El modo condicional no es, como tal, un tiempo verbal, sino un complemento que se relata junto con el futuro. *Mudaríamos, quedaríamos, ahorraríamos, buscaríamos.* El futuro se hizo presente. Sin embargo, entre las dudas de ella y las certezas de él, las condiciones estaban ahí, acechando.

CINCO

Tal vez las personas creían que no existías porque rara vez estabas ahí. Cuando venías de visita, mi primera idea no era mostrarte mi vida: mi trabajo, mis nuevos amigos [quizá solo te conté un par de cosas; tal vez nunca preguntaste]. En mi mente todos los días te llevaba conmigo, te enseñaba mi camino al trabajo y poco me faltaba para ofrecerte algo de mi comida. En ese espacio que habita entre la realidad y la mentira están las historias que me habría gustado vivir contigo... pero no estabas allí.

Fue muy fácil aceptar que así era nuestra relación, ¿sabes por qué? Cuando tú y yo estábamos a solas, el mundo cambiaba: me hacías reír todo el tiempo y me contabas cosas que no se me habría ocurrido preguntar [y que tú sabías que me moría por saber]. Incluso una de las últimas veces que nos vimos, me contaste algo que bien sabías que me volaría la cabeza. A solas nos besábamos, no tan lento como me hubiera gustado, pero había una historia entre esas líneas: años y años de saber que ahí era casa. También jugábamos, veíamos películas, platicábamos muchísimo y caminábamos para comprar aquellos bombones cubiertos con chocolate que seguro ahora alucinas. Sin embargo, ante los ojos de otras personas, parecíamos extraños con un exceso de confianza. No te gustaba la gente y menos que a mí me fascinara entablar conversaciones con desconocidos. En público guardábamos una distancia razonable: la menor cantidad de besos posible remplazada por varios "te amo". ¿Funcionan igual?

Una boda en el mismo lugar en el que años más tarde nos casaríamos hizo que me diera cuenta de los contrastes. Fue una de las primeras bodas a la que fuimos juntos como invitados. Te pedí que bailáramos y contestaste que tú no hacías eso. Mientras me tomaba varias copas de vino, pensé que después de varios años juntos seguía descubriendo cosas de ti [y nunca dejé de hacerlo]. El calor y las emociones se me desbordaron y se me escapó algo que no te había dicho: me sentía sola sin ti en la Ciudad de México. Aunque me la pasaba muy bien la mayoría de los días, había otros en los que añoraba la vida que teníamos, su simplicidad, tu cercanía. Estabas furioso porque ese no era el plan, yo tenía que pasármela bien siempre, y no me pude quedar callada, dije hasta lo que no era cierto, como cuando una pelea no va hacia ningún lugar. Esa fue una de las primeras veces que comencé a comparar nuestra relación, pensé: "¿Por qué no podemos ser como tal o cual?". Recuerdo tu enojo, tu incapacidad de escuchar mis argumentos, pero algo dijimos que lo solucionó todo; no recuerdo qué. Al día siguiente, me llevaste a la terminal de autobuses, volví a mi vida a dos horas de ti y seguimos muchos, muchos años más. Si no, la historia hubiera terminado en este capítulo.

SEIS

Durante la infancia y la adolescencia, tu cuerpo cambia, crece. En inglés hay algo llamado *growing pains*, una expresión que me gusta traducir como "el dolor de crecer". Mientras que el primer concepto habla de los calambres y de la incomodidad de que tu cuerpo cambie de forma y de tamaño, el segundo pone en evidencia que crecer es una cosa complicadísima. Ojalá solo fueran calambres. Para mí fue darme cuenta de que los planes que tenía no eran necesariamente como me los imaginaba y, en lugar de rendirme, prefería adaptarme, modificarlos, editarlos.

Alguna vez una terapeuta me preguntó, ante una situación específica, en dónde se sentía mi dolor. Yo le respondí que crecer era como forzar nuestra historia para que tuviera sentido, y eso dolía en la garganta, en el estómago y en el corazón.

Tanta necedad nunca le ha hecho bien a nadie.

SIETE

En esta ciudad buscar un departamento que se ajuste a tu presupuesto y a la zona en la que quieres vivir es casi como encontrar un unicornio. Ojalá fuera por lo mágico, más bien es por lo imposible. A menos que te equivoques de dirección y descubras caminando, por error, un letrero de SE RENTA, hables y encuentres el lugar ideal, incluso con vista a un parque.

"Aquí vamos a vivir", pensé, sin conocer el departamento por dentro. Ahí íbamos a vivir después de tener que decirles a nuestras familias lo que estábamos por comenzar: una vida juntos a los veinticuatro años. Eso es lo que sucede la primera vez que tomas una decisión de ese tipo, todavía necesitas permiso, discusiones y opiniones. Elegirnos se volvió un acto de rebeldía.

Nos mudamos el fin de semana en que los Seahawks y los Patriotas se enfrentaron en el Super Bowl. Entre cajas de mudanza, libros y electrodomésticos, nos reímos de los tiburones del show de medio tiempo de Katy Perry y determinamos que con esas carcajadas inaugurábamos una vida juntos. Esa misma noche también tuvimos nuestra primera pelea: tú no querías que nuestra casa fuera tan *cute* que pareciera de Pinterest y yo no quería que fuera un T.G.I. Fridays entre toda tu parafernalia deportiva. No coincidíamos en muchas cosas, al menos en ese entonces supimos tenernos paciencia.

(PARÉNTESIS)

Estaban preparando molletes cuando él le dijo que debían
ahorrar para comprar una propiedad. Ella le dijo que no le interesaba una casa. Él propuso un coche. Ella perdió la paciencia y aventó la cuchara con frijoles: ella quería casarse, tener
una boda. Llegaron a un acuerdo y decidieron que primero el
coche y después la boda. Más adelante pensarían en la casa.

Fue así como decidieron casarse, mientras cocinaban
unos molletes cuya receta descubrieron juntos y que ahora
cada quien prepara por separado.

OCHO

El anillo de compromiso no llegó por sorpresa, pero sí en el momento menos esperado. Después de siete años juntos, me sorprendiste mientras salía de bañarme y me preguntaste si quería casarme contigo. Era un momento íntimo, como a ti te gustaba: solo nosotros dos, como lo fuimos mucho tiempo. Estábamos felices, ¿te acuerdas? Tan felices que, de habértelo propuesto, habríamos corrido al registro civil en ese mismo instante. Tú querías una celebración pequeñísima, cuyos invitados fuéramos solo Leia, tú y yo. Yo quería una fiesta, un pastel, una canción de bodas.

Comenzamos a ahorrar. Necesitábamos aproximadamente doscientos mil pesos, cuando menos. Teníamos alrededor de un año para reunir esa cantidad. En ese tiempo descubrimos que casarse en la Ciudad de México es carísimo, que las hamburguesas son un gran menú para una boda, que no queríamos una mesa de novios, sino una con nuestros mejores amigos. Viví la magia de probarme vestidos hasta encontrar el ideal, experimenté la toxicidad de estar obsesionada con tener el cuerpo perfecto para ese día y otros tantos caprichos para una fecha que sigue siendo inolvidable.

El 13 de enero de 2018 tachamos otro pendiente más de nuestra lista: casarnos.

NUEVE

—Estoy harta de esta ciudad que huele a madres —me dijo Carmen muy convencida mientras estábamos atoradas en el tráfico. Íbamos en camino al concierto de Gorillaz.

—Me dices lo mismo una y otra vez y no te vas.

—Ahora sí es verdad, ya no aguanto más —respondió mientras dábamos vuelta en la avenida Añil para entrar al Palacio de los Deportes.

Carmen se fue de la ciudad en agosto de 2019. Por primera vez tuve miedo de no saber hacia dónde correr. Alguna vez me dijiste que, desde que se fue, algo cambió.

PARTE CINCO

El día más difícil

UNO

Volví de Guadalajara y ni siquiera nos miramos a los ojos.

En el avión de regreso jugué a ser un personaje de esas comedias románticas que me gustan, decidí creer en el destino, las señales o como quieras llamarle: si me ibas a recoger al aeropuerto, yo volvería a intentarlo [por supuesto que la idea no te pasó por la mente]; si estabas en casa cuando yo llegara, todo iba a salir bien [no estuviste], o si me decías que me notabas distinta, yo te contaría lo que pasaba [ni te enteraste]. Mientras estuve de viaje decidí ponerlo todo sobre la mesa de apuestas: si perdía, no importaba, ya no había mucho que rescatar. Conocí gente, jugué a una vida alternativa; estaba muy perdida, pero recuerdo lo bonitos que lucían mi anillo de compromiso y el de casada.

Aquí es donde los días se aceleran y de pronto se detienen, al menos en esa línea narrativa. Llegué de viaje y no estuviste. "Tengo una cena de trabajo", decía un mensaje tuyo cuando aterricé; ni siquiera te sentí cuando te acostaste a mi lado esa noche. Supongo que eso sucede en los días en los que no hay tierra firme y tu cuerpo es una casa deshabitada: no estás por ninguna parte y no estás para nadie. He vuelto a los mensajes de esos días y ya no estábamos, tu nombre dejó de aparecer entre mis conversaciones frecuentes de WhatsApp. Es raro sentir que la persona número uno de tu vida se desvanece tan de repente.

(PARÉNTESIS)

Durante los días que no estuvo en casa conoció a un fotógrafo, pero hasta ahora no se ha atrevido a contar esa historia. Los ojos de ambos llevaban una tristeza que les permitió reconocerse entre los cientos de personas que transitan por los pasillos de la feria del libro más importante de Hispanoamérica.

Coquetearon, intercambiaron celulares, se fueron de fiesta juntos y vieron el amanecer. A la mitad de la noche, después de varios *gin tonics*, ella le dijo que era casada, esa fue la última vez que lo pronunció en voz alta. Su historia duró dos días y medio en los que se robaron sonrisas entre los pasillos de la feria, fingieron no conocerse frente a ciertas personas, solo para después ir a cenar y a imaginar aquello que no podía ser, jugaron a conocerse durante toda la noche, a hacerse preguntas que merecían no ser respondidas. En una nota de despedida, ella le agradeció que la mirara como tanto lo deseaba.

Al volver a casa, creó la *playlist Turquesa* y la primera canción que agregó fue "Te guardo" de Silvana Estrada.

Él no fue la gota que derramó el vaso, pero a ella le sirvió para darse cuenta de que ya caminaba sobre mojado.

DOS

Vivo con la creencia de que sabemos cuando estamos frente a un final. Yo supe perfectamente cuándo fue nuestra última vez [también me acuerdo de la primera, la incomodidad, el hotel, nosotros: los más felices]. Era de noche y me vestí muy pronto, tú te quedaste dormido casi enseguida y yo me quedé mirando el techo mientras se me escurrían algunas lágrimas que me esforcé en silenciar, quería llorar como cuando era niña, patalear, despertarte, suplicarnos que hiciéramos algo por estos personajes que estaban buscando un papel en otra película, en otro libro, en otra vida.

"¿Así se va a ver el resto de mi vida?", pensé. Sentí un miedo que no he vuelto a experimentar. Después comencé a hacer cuentas. "Si esto termina, ¿podré pagar el departamento sola?", me pregunté y pensé que podría. No había vuelta atrás. Esa fue una de las partes importantes que conforman el final. El día en el que la decisión se toma, el cuerpo sabe que no volverá a estar desnudo junto al de esa otra persona.

TRES

"No andes en calzones por la casa, no vaya a temblar y qué vamos a hacer". Ahora pienso que en esos casos lo importante es sobrevivir, da igual si es con ropa o sin ropa; quizá lo que más me importa ahora es bajar con el cubrebocas. En ese momento acepté que mi cuerpo y los temblores tenían cosas en común: ambos son fuerzas de la naturaleza, ambos capaces de destruirlo todo.

"¿Y si tenemos un hijo?", te pregunté un día en el que pensaba en "el siguiente paso" y, no voy a mentir, también en que si así se iba a ver el resto de mi vida, necesitaría algo con lo cual entretenerme. "Como tú quieras", contestaste. Y así como así, decidí dejar los anticonceptivos. La sorpresa fue que me moría de miedo cada vez que se acercaba mi menstruación. Como adolescente que ve que a sus amigas ya les bajó, yo les rezaba a mis calzones "por favor, una gotita de sangre". Pasaron dos meses. Al tercero, me puse el DIU.

"Deberías depilarte más seguido", señalaste. "¿Te doy asco?", pregunté con una pizca de provocación. No sé con exactitud lo que respondiste, pero sí lo que me dijo tu mirada. Estaba terminando un tratamiento anticonceptivo de más de nueve años; a mi cuerpo le sonaban un sinfín de alarmas: retrasos, poros abiertos, olores que surgieron de nuevo, una libido que se asomaba con timidez... y pelos, pelos por todas partes.

Dicen por ahí que cuando estás en una relación, no sabes dónde terminas tú y dónde comienza el otro. Otras personas mencionan que tu cuerpo es tu casa, que tú eres casa. Han pasado unos años y lo único en lo que puedo pensar es en que no quiero volver a perderme, no importa qué casa soy ni a cuál vaya, yo quiero ser mía, muy mía.

(PARÉNTESIS)

La noche anterior al día más difícil ella vio *Marriage Story*. La acababan de estrenar y le urgía verla. ¿Error fatal? Quizá. Ahí cobraron sentido algunas ideas, puso la pieza final del rompecabezas. Al verlo terminado, supo qué hacer, pero no encontró la palabra [y eso que conoce muchas]. Tal vez el aire era distinto, ni siquiera recuerda qué más pasaba, qué cenó, si tomó agua. Dieron las dos de la mañana, probablemente ya lloraba. Decidió poner *Call Me by Your Name*, quería creer en el amor. Se quedó dormida.

CUATRO

Desperté y en mí habitaba una frase, no era solo una palabra, era todo un concepto: "Esto se acabó".

CINCO

Lo que sucedió después fue muy rápido. Estabas dormido a mi lado, una vez más, no me enteré a qué hora habías llegado. Le hablé a mi tía: resultó que estaba en la ciudad. Corrí a verla, quizá a pedirle que me detuviera, pero no lo hizo. A cambio de eso, me dijo una frase que todavía me rompe al recordarla: "Hoy es el día más difícil, este es el momento más difícil, cuando tomas la decisión. Después solo duele un poco, *este* es el verdadero dolor".

Tomé un Uber a casa de María. Entré y le dije que estaba a punto de tomar una decisión muy complicada, pero que ya era el momento. Hablamos de rentar un Airbnb, de cosas prácticas, incluso alguna risa se nos escapó [porque así somos]. Estábamos muertas de miedo, la adultez de pronto parecía muy real y ninguna de las dos sabía cómo sostener a la otra, de alguna forma lo descubrimos. Entre varias lágrimas, mencioné que si en algo creía, después de todo, era en el amor, que quería volver a sentir eso, que quería escalar montañas con alguien y ver atardeceres.

Supongo que cuando estás frente a uno de esos momentos en que sabes que tu vida está a punto de cambiar, tu cerebro está demasiado oxigenado por las lágrimas y el pánico o algún tipo de químico te falta o te sobra, porque la emoción, el dolor y el miedo te intoxican y entras en un estado delirante, donde por fin dices lo que realmente querías decir. Ahí están tus verdaderas razones.

(PARÉNTESIS)

Antes de salir de ese departamento, Elena, otra de sus amigas y *roomie* de María, la detuvo y le dijo: "Imagínate a ti misma en seis meses. ¿Te gusta lo que ves?".

SEIS

Recorrí las mismas calles en Uber que un día antes, cuando había caminado para que el dolor se evaporara o desapareciera con los kilómetros. Habría sido una buena idea escapar de la ciudad en ese momento.

Antes de llegar a casa, pasé por ese edificio en el que no vivimos [hasta la fecha sigue siendo azul]. ¿Habría sido distinta nuestra historia si hubiéramos rentado ese departamento?

SIETE

Te desperté y te dije que lo nuestro se había acabado. Tan simple como eso, no había espacio para la poesía.

No hace falta decir mucho, ¿cierto?

(PARÉNTESIS)

Inserte aquí las frases que se dijeron durante esa conversación:

- "Dejamos que esto se nos fuera de las manos".
- "Te pusiste triste y dejó de importarte todo".
- "Necesito sentirme viva".
- "No me quiero quedar con el departamento".
- "Y cuando tengas a alguien más, ¿le vas a decir que este fue tu departamento de casada?".
- "Ya no teníamos sexo".
- "No soporto mi vida".
- "¡Somos *roomies*!".
- "Te amo".
- "La solución es que vuelvas a ser aquella de quien me enamoré".

Pero hubo una muy particular:

- "¿Qué va a pasar con Leia?".

Y ahí comenzó el dolor.

OCHO

—Este es el día más difícil de mi vida —te dije entre lágrimas.

—El mío fue nuestra boda —contestaste.

Creo que nunca olvidaré esa frase, principalmente porque era muy cierta. No era que no te quisieras casar conmigo, es que odiabas la idea de una boda, de ser el centro de atención, de tener que bailar "nuestra primera canción" ["Hard to Concentrate" de los Red Hot Chili Peppers]. Tomaste ansiolíticos y ese día, el último día, me dijiste que no recordabas casi nada de la boda. No sé si fue porque ya no había nada más que perder o porque morías de ganas por decírmelo.

En aquella ocasión, cuando se mencionó la palabra *divorcio* por primera vez, te negaste rotundamente a la idea; no te habías casado para eso. Incluso mencionaste el dinero y lo que gastamos en "mi chistecito", no usaste esas palabras, pero iban implícitas. ¿Acaso esa era tu manera de decirme que querías que siguiéramos intentándolo? Tal vez lo volví a interpretar mal, como cuando me dijiste que no terminaría la tesis y… No, ya no puedo pensar en *hubieras*.

El día de nuestra boda bailé toda la noche, mi vestido era precioso. La mejor boda que he tenido hasta ahora. Le pedí más de tres veces al DJ que pusiera "Me rehúso", de Danny Ocean. Y entre "Baby, no, me rehúso a darte un último beso, así que guárdalo", bailé y bailé, pero tú no bailaste conmigo, ni siquiera existió esa mirada cómplice de sabernos el uno del otro, en el que se suponía que era el día más feliz de nuestras vidas.

NUEVE

Alguien debería decirnos qué hacer después de una ruptura. ¿Dónde se ponen las manos? ¿Cómo nos llamamos el uno al otro? ¿En dónde queda el lenguaje que inventamos? ¿Todavía podemos besarnos?

Te diré qué no debes hacer: quedarte ahí, seguir hablando y hablando y decir cosas que ya no suman nada y solo vuelven elástico el tiempo, pedir KFC, pretender resolverle la vida, salirte de la casa en la que tú decidiste quedarte.

Nosotros incluso fuimos por pizza, vimos series en la noche y nadie supo qué hacer con su cuerpo. ¿Llorábamos? Al día siguiente, me pediste que me fuera. Hice una maleta, guardé lo importante [mi peluche de la infancia], metí ropa, mi laptop, una cobija [¿?]. Nos despedimos con un beso y nos dijimos "te amo". Sí, ese fue el último.

(PARÉNTESIS)

Tal vez le gusta contar rápido los finales para que lo demás se convierta en una búsqueda. También le gusta romperlos en mil pedazos, fragmentarlos para que solo duela poquito. De pronto se da cuenta de que así funciona la memoria, se protege de sí misma.

Alguna vez su papá le dijo que el dolor no tiene memoria, porque si pudiéramos recordarlo con exactitud, volveríamos a experimentar esas sensaciones. Así se sentía ella: sobreviviendo a su propia historia.

PARTE SEIS

Las quesadillas de mis amigas

UN *MAIL*

Amigas:

Como ustedes saben, estos días han sido un mar revuelto. Cuando era chica, las olas me revolcaban todo el tiempo y vuelve a mí esa sensación de intentar levantarme y no lograrlo, de que llegara otra ola y me mostrara la fragilidad de la vida en ese océano enorme. Sin embargo, aquí estoy, con cicatrices en las rodillas. Justo eso es lo que siento en este momento de mi vida y les agradezco el cariño, la comprensión y las palabras que me han regalado, porque aunque no sepan qué decirme, me ayudan a atravesar esto sin tanto dolor.

Una siempre sabe cuándo está a punto de suceder *the next big thing* y yo estoy segura de que los siguientes pasos los daré con la mejor compañía, con ustedes, que de la misma manera me ayudaron a organizar una despedida de soltera, a sostener un vestido de novia, que a ofrecerme un pastel, un sillón o una cobija en estos días tan fuera de lo común.

Gracias por invitarme a sus casas, por las notas de voz, por los mensajes diciéndome que están ahí: las siento más cerca que nunca. Esta tormenta pasará y entonces compraré plantas, cambiaré las cortinas y veré quién soy después de diez años de una relación que me enseñó lo que hoy sé del amor. Ahora me toca aprender algo nuevo.

Las quiero, ustedes son mi mayor inspiración.

UNO

Justo como lo planeamos, llegué a casa de María un domingo por la mañana. Mentira, el día no lo planeamos, solo llegué. Me imagino las cosas que pasarán por la cabeza de un conductor de Uber cuando una mujer llora en el asiento trasero. Aunque es probable que no pase nada por su mente.

Los días que siguieron a la despedida se parecen entre sí, ese domingo vimos *The Way We Were*, con Barbra Streisand y Robert Redford. La primera vez que la vi fue con mi mamá, y, entre bromas y mucha verdad, me dijo que tenía altas posibilidades de ser como la protagonista si no dejaba de ser tan *intensa*. Pobre K-K-K-Katie, cuando tuvo que decir "Tu chica es encantadora, Hubbell" y vio lo opuesto de ella en esa mujer que ahora estaba con el que había sido el amor de su vida. Lloré como todas las veces que he llorado con esa película. Aproveché para llorar un poco más, ahora tenía buenas razones.

Debía contarle a mi mamá que había decidido separarme, que estaba viviendo en casa de mi mejor amiga y que no tenía ni idea en qué momento se hizo realidad eso de ser Katie, y que la verdad es que no me arrepentía de nada, pero, por favor, que parara la tristeza, porque no se sentía como en las películas. O más bien sí, se sentía como en la primera película de *Sex and the City*, cuando Carrie vive el duelo del corazón roto y parece deshabitada. No hay lágrimas todo el tiempo, solo un dolor que te entume, lo demás sucede en cada rincón del cuerpo, en los futuros que ya no existen.

"*Your girl is lovely, Hubbell*", le dice Katie a su gran amor [y también Carrie a Big]. Un día yo lo diré y alguien más lo dirá, pero dejemos de romantizar que una ruptura solo se cura con llanto, helado y una pijama cómoda. Nadie tiene las palabras suficientes para narrar el dolor, quizá porque nos desgarra. Cada persona lo vive tan a su manera, que se vuelve inefable.

DOS

—No me quiero levantar —le dije a María mientras la veía *encremarse*, como ella le llama a ponerse crema después de bañarse.

—Pues tienes que hacerlo, porque se nos va a hacer tarde. Ándale, ya voy a hacer de desayunar; cuando salgas de bañarte ya hasta tendrás café —me contestó.

Mis amigas tienen una capacidad brutal de sentir empatía: han llorado conmigo las veces que yo no he necesitado más lágrimas y hemos terminado consolándonos las unas a las otras: "Deja de llorar". "No, tú primero". Aquellos días María se hizo la fuerte cada mañana antes de irnos a trabajar y cada tarde en la que me encerraba a llorar en su cuarto, rendida de aguantarme las lágrimas en la oficina, en el metro, en cualquier lugar público donde los humanos no supieran qué hacer con todo ese llanto. Ella caminaba por aquí y por allá, sin saber qué hacer con los pedazos que quedaban de la vida de su mejor amiga, aun así los pegó, y aunque ya no se viera igual, esta vez iba reforzada.

—Ya está el café —me avisó mientras me servía en una taza que se robó de un IHOP.

Nos sentábamos a desayunar huevos con jocoque o quesadillas, nos reíamos y los gatos nos hacían compañía. Después ella se sentaba a fumar un cigarro al lado de sus plantas en lo que yo me enchinaba las pestañas. Nos inventamos una rutina y quizá, sin saberlo, nos salvamos la una a la otra: ella me mostró que otra vida era posible; yo la rescaté de esos obsesivos e idénticos días circulares que nos hacen preguntarnos si algo de lo que hacemos tiene sentido.

Lo más impresionante de una ruptura es que la realidad se vuelve completamente distinta en un día, en unas horas. Ya está, la otra persona ya no es parte de ti, y sin importar cuántos años lleven haciendo las mismas cosas, en un momento eso se rompe y no se vuelve a pegar.

Unos días antes de que lo nuestro acabara, tú y yo nos levantábamos, cada quien se metía a bañar, desayunábamos, entrábamos al metro, salíamos, caminábamos y nos despedíamos. No había factores sorpresa. Ahora la sorpresa es que nosotros ya no somos nada. Un día todo fue diferente: la estación del metro, el camino para llegar a la oficina, lo que me platicaba María. De pronto tuve espacio para la improvisación.

Cuando estás debajo del agua, hay un sonido muy particular, uno que te recuerda que estás aguantando la respiración, que tú no eres de ahí. Esos días, al entrar a la oficina, escuchaba ese mismo sonido. Mi cabeza estaba debajo del agua, en cualquier momento podía acabarse el aire. Aprendí a fingir muy bien, a ejecutar mi trabajo a la perfección, pues no quería que hubiera esa especie de lástima y de condescendencia de quien dice en voz baja: "No le exijas mucho, se está divorciando". O peor aún: "Está distraída porque se está divorciando". Preferí no decir nada hasta que fuera inevitable.

Era diciembre, nadie estaba muy atento a gran cosa, queríamos salir de vacaciones, escapar. Decidí no quitarme los anillos, me gustaba cómo se veía el de casada [muy pronto ya no sabría qué hacer con él]. Salía a cada rato de la oficina, a tomar aire, a sacar la cabeza del agua. En uno de esos paseos le escribí a mi mamá. "Mamá, lo dejé, estoy viviendo con María.

Después volveré al departamento, cuando él encuentre algo".
Su respuesta fue comprarme un boleto para ir al mar. Solo
hubo una pregunta: "¿Estás bien?". Tenía miedo de mostrarle
que había fracasado, pero ella no lo sintió así. Ella vio más
allá: me imaginó feliz.

TRES

Entre el torbellino de emociones que habitaban en mí aquellos días, Tamara me invitó a conocer su nueva casa, el hogar en el que había decidido iniciar una vida con su novio. Ella y yo llevábamos muy poco tiempo de conocernos, fue tal nuestra conexión que decidimos convertirnos en amigas. Sí, comenzar amistades en la adultez se vuelve una decisión, implica saber estar, darse el tiempo, ponerse al corriente de todo lo que fuimos sin la otra y lo que seremos a partir de ese momento juntas.

Al llegar a su departamento nuevo, la miré sonreír mientras me enseñaba el comedor y el color que había elegido para las paredes. Unos meses antes me había contado sobre su plan de mudarse, de dar ese gran paso en su relación. Le dije que lo diera sin miedo, que se aventara al vacío, que lo mejor estaba por comenzar. Tam sabía que mi relación estaba en un muy mal momento y me preguntó por qué le aseguraba que todo saldría bien si sabía que las cosas se complicaban. Le respondí que quería verla feliz, como yo una vez lo fui, como todas las que hemos iniciado algo sin pensar en cómo terminará. Volví al presente cuando me preguntó si me gustaba cómo estaba quedando el salón. Me abrazó con fuerza y, con la voz entrecortada, me agradeció el ser parte de esa nueva etapa.

Mientras algunas historias terminan, otras comienzan. Sin importar que de este lado llueva, siempre les pediré a mis amigas que me manden fotos de sus días soleados.

CUATRO

No sé en qué momento decidimos que nos veríamos a la semana siguiente para contarnos qué habíamos pensado. Tal vez nos lo dijimos en un mensaje o lo acordamos antes de que me fuera de casa, como si en siete días exactos aparecieran las respuestas. Nosotros las sabíamos muy bien, pero por única vez quisimos engañarnos un poco.

Ese domingo alguno de los dos llegó tarde. Me di cuenta de que ya no llevabas tu anillo, ahí supe que a ti no te interesaba aparentar nada, o tal vez a los hombres no les hacen esas preguntas. Fuimos sinceros: se había acabado, no había más. Resolvimos que te quedarías en el departamento en lo que encontrabas un lugar para vivir y en lo que yo me iba a Cancún. Aprovecharías esos días con Leia, incluso te sugerí que encontraras un lugar cerca para que pudieras verla seguido.

—Y cuando pase el tiempo, podemos ir al cine, como cada viernes, ¿no? —sugerí.

—Obvio, tenemos que ir a ver el último episodio de *Star Wars* —respondiste.

Por supuesto que no lo vimos.

(PARÉNTESIS)

Después de ese desayuno, decidió ir a casa de Nadia. Tenía sus llaves y le quedaba caminando; no quería volver a llorar en un Uber.

Tal vez él la había elegido para una larga lista de cosas, entre las que no figuraba una segunda vuelta. Ella no quería que pasara eso, pero de tantos libros que había leído, de tantas canciones que había escuchado y de tantas películas que había visto, esperaba algo distinto: una mano que agarrara a la otra, una mirada en la que se asomaran los recuerdos de los años compartidos, una pregunta. Pero a ninguno de los dos les gustan los finales abiertos.

Vio *Comer, rezar, amar* [tenía que cumplir con una lista de clichés]. Y lloró, lloró muchísimo. Nadia no estaba, pero cuando llegó, también lloró con ella.

CINCO

Hubo un acuerdo implícito entre mis amigas de encargarse de mí. Se turnaban para que el esfuerzo fuera compartido y cada una pudiera hacer lo suyo a su manera. Me dejaron en claro una cosa: aquellos días no se trataban de nadie más que de mí. No nos preocupamos por él, por la familia, por lo que se tendría que resolver más adelante. El único objetivo era saber qué haríamos conmigo, imaginaríamos posibilidades, volveríamos a construirlo todo.

Mientras estuve en casa de Nadia comí queso manchego, preparé café en la prensa francesa, vi películas en el sillón más cómodo y en la pantalla más grande. Ella y Jaime fueron piezas clave de la reconstrucción.

—Quizá la señal más clara de que esto no iba a funcionar fue que no pudiste ir a mi boda —le dije a Nadia con una sonrisa triste.

Recordamos que ella iba a dar el discurso del brindis, de pronto nos pareció muy gracioso haber pasado por alto una señal tan clara.

—Mi abuelo murió un día antes de su boda —le contó Nadia a Jaime—. En lugar de recibir a sus invitados, me acompañó en el funeral. Olvidó por un instante que al día siguiente era la fecha más importante de su vida para abrazarme fuerte.

—O al menos la más importante de aquella vida. Lo único que nos queda a él y a mí es la amistad y el recuerdo de que alguna vez nos casamos.

—No puedes ser su amiga, eso no va a pasar —me interrumpió Jaime.

Jaime y yo llevábamos muy pocos meses de conocernos, pero sus *gin tonics* ayudaron a que la herida cauterizara. Me sentí irritada por ese comentario. ¿Él qué sabía de ese *nosotros* que estaba hecho pedazos? ¿Por qué opinaba? Supuse que eso pasaba cuando no tenías una casa en donde llorar. Nadia notó la tensión, lo miró a él y después a mí. Era verdad.

—Puede que sea la excepción —contesté, resignándome.

—Mira, tú no tienes nada de qué preocuparte, te ríes de cualquier cosa y eres increíble, comadre. Vas a encontrar a alguien que se vuelva loco por ti —me dijo Jaime con ese humor que nos hace sentir en casa.

Aunque yo sabía que sí lo intentaría en un futuro, que sí me animaría a volver a enamorarme, ese día me sentía como la villana de la historia. ¿Quién era yo para volver a tener un *fast pass* para la felicidad cuando lo había dinamitado todo? El futuro no se veía claro, necesitaba entender cómo iba a recoger el desastre, cómo resolvería la vida que seguía: la renta, el súper, cruzar las calles. Mientras me ahogaba en mi propia tormenta, su comentario fue una luz de emergencia en un cuarto oscuro: volvería a ser feliz.

(PARÉNTESIS)

Salir del trabajo. Regresar a casa. Cenar. Reírse un rato. Dormir.
Se repite.
Salir del trabajo. Regresar a casa. Cenar. Reírse un rato. Dormir.
Se repite.
Salir del trabajo. Regresar a casa. Cenar. Reírse un rato. Dormir.
Se repite.

Esos días en los que sus pertenencias se limitaban a lo que había en una maleta *carry on*, se dio cuenta de que había muchas más cosas por hacer. Comenzó a encontrar las razones por las cuales no quería que su vida se limitara a una rutina que, como una *playlist* que ella misma había creado, se repetiría una y otra vez. Podía ser su música favorita, pero tarde o temprano se aburriría si nadie más agregaba canciones.

SEIS

Marina es una de las mujeres más talentosas que conozco; lo más bonito de nuestra amistad fue que nos tomó por sorpresa. Nunca supimos en qué momento comenzamos a pasar horas y horas juntas, imaginándonos vidas distintas, platicando. Nos perdíamos en algún vivero buscando plantas. Quizá lo que más nos unió fueron las ganas que teníamos de escapar, de ser versiones más terminadas de nosotras mismas, y lo que veíamos la una en la otra era esa posibilidad.

El día que le mandé un mensaje contándole lo que había pasado no le sorprendió. Solo fue por mí al trabajo y me llevó por un pastel de matcha a Coyoacán. Me escuchó con paciencia y con una mirada atenta y cariñosa. Por primera vez aquello comenzaba a sentirse como algo que verdaderamente *yo* había hecho. Volví a sentir que habitaba mi cuerpo, que no estaba interpretando el papel de nadie más.

Después fuimos a su casa porque quería leerme el tarot. Necesitábamos un poco de ayuda para saber qué podíamos entender de ese momento. Nos sentamos la una frente a la otra con la esperanza puesta en esas cartas.

—Por favor, que todo salga bien —le supliqué.

Marina me tomó de la mano. Aunque es varios años menor que yo, sabemos que nuestra fuerza está en no soltarnos.

UNA NOTA DE VOZ

Cuarenta y seis segundos

Hola, Tam, me he sentido un poco mejor. Va y viene, ya sabes, como el clima, con probabilidades de tormenta. Ayer Marina me leyó las cartas y parece que todo va a salir bien. Fue una tirada que encontramos en internet para retomar el rumbo cuando nos sentimos perdidas. No me acuerdo de la primera carta, pero hablaba de resiliencia, de alguien que se resiste, aunque quiere salir adelante. En la segunda salió el Mundo, una mujer que mira hacia atrás pero que lleva el cuerpo de frente, que quiere cerrar ciclos y está lista para florecer. En el futuro salió el Sol, o el optimismo de ver la vida como un niño, con pureza y alegría.

Qué significativo, ¿no? Si a una idea me aferro, es a que las cosas mejorarán. Un día de estos, al menos.

Te quiero mucho.

SIETE

Queso, de preferencia Oaxaca, aunque Nadia prefiere manchego. Tortillas, mis favoritas son las de maíz, pero Marina prefiere las de harina. A fuego lento, para que primero se derrita el queso, después le subes un poquito, para que la tortilla se queme un poco. María les pone frijoles a un lado. Nadia, un poco de salsa de habanero con mango. Marina deja que el queso se dore un poco, que se haga una costra [qué fea es esa palabra]. Tamara las desayuna cuando está triste.

He llegado a la conclusión de que una de las formas de amor más puro es cocinarle a alguien cuando tiene el corazón hecho pedazos. Quién iba a decir que una tortilla doblada a la mitad podría sanar tanto.

(PARÉNTESIS)

Unos meses antes de que su vida cambiara, ella conoció el término *ternura radical* y fue como un presagio. Se obsesionó con la idea de entenderlo, de resistir desde ese lugar, de no dejar que el mundo la endureciera. Pero, en ese entonces, solo se aproximaba, no lograba ponerlo en práctica, no sabía por dónde empezar.

Cuando sus amigas le dieron la fuerza para seguir viviendo, a pesar de todo, del desamor, de no tener casa por un rato, de la tristeza que llevaba a cuestas, por fin lo comprendió y supo que, a partir de ese momento, la ternura radical se convertiría en una fuerza que no la abandonaría.

Es más, se convertiría en su razón para seguir viviendo.

INTERLUDIO

El mar

UNO

Era un departamento de dos recámaras en medio de la selva. La humedad se sentía en las paredes y frente a ella se manifestaba una infinidad de tonos de verde.

En la habitación en la que dormiría por fin se sacó los anillos. Esa fue la última vez que los utilizó. Sonrió con tristeza al leer la inscripción que tenía por dentro el anillo de casada: "*May the Force be with us*". No, la fuerza no los acompañó.

Se sintió abrumada. Qué iba a hacer con tanto silencio, con tanto espacio, con tanta tristeza escurriendo por todos lados.

¿Podía tener el privilegio de un corazón roto cuando fue ella quien tomó la decisión?

Qué iba a hacer con tanto futuro.

Acomodó la ropa, sacó la comida que había comprado para esos días a solas, pensó que pronto sería Navidad.

Algo la inspiró: la posibilidad.

✳

Soy una mujer habitada por el mar. Por más que sea un signo de tierra, cuando estoy cerca de su inmensidad, algo cambia: me vuelvo más ligera, me siento más yo que nunca, como una fuerza gravitacional que me regresa a mi centro.

Sin embargo, durante aquellos días, con el mar respirándome a unos cuantos kilómetros, me di cuenta de que sería la primera vez que me encontraría frente a ese infinito, al menos esa nueva versión de mí que estaba en reconstrucción. No apresuré mi visita, me sentí incapaz de contener tal profundidad.

> Ante tal inmensidad, como que por primera vez me sentí ocupar mi sitio en el espacio. No veía nada más que el mar, el movimiento quieto con que se unía con el cielo. Lo... lo definitivo que me resultaba. Definitivo para qué, me pregunto. Fue una sensación. Una llegada por fin a algo concreto; no sé, hasta da un poco de pena decirlo... a la certidumbre de estar viviendo; de querer vivir.
>
> María Luisa Puga, *Pánico o peligro*

Encerrarte contigo misma, en medio de una selva que transpira humedad, no es cosa fácil. Las noches son sumamente silenciosas, los días van más lento. La tristeza y el sudor se confunden. Lo que hice esos días fue ensayar una versión de mí que pudiera presentarle al mar. "Esta soy yo, distinta, necesito tu ayuda, como aquellas otras veces". Recordé la primera vez que le pedí al mar unas cuantas respuestas y solo me arrojó más preguntas.

Tenía diecisiete años, estaba frente al acantilado de la "adultez", ese en el que debes tomar la decisión de "lo que vas a ser cuando seas grande", en el que no entiendes bien a bien cómo habitar tu cuerpo [se siente enorme y pequeño al mismo tiempo], te peleas todo el tiempo con tu mamá, la preparatoria te estorba. Aquel día, hace muchos años, frente a ese mar, me prometí sin saberlo que, sin importar lo que me deparara el futuro, iba a estar ahí para mí [yo, pero también el mar].

> La playa era inmensa y estaba desierta, con una arena granulosa que crujía a cada paso. El mar despedía un olor intenso, un sonido seco, monótono.
>
> Me quedé largo rato de pie, mirando aquella inmensa masa de agua. Después me senté en la toalla, sin saber bien qué hacer. Al final me levanté y fui a mojarme los pies.
>
> Elena Ferrante, *La amiga estupenda*

Mi mar es el Caribe, y eso define un poco el temor que le tengo a cualquier otro. Ya perdí la cuenta de las veces que he sido arrastrada por las olas de un mar "que te llega a las rodillas", de un color que te hace creer que en ese instante no existe nada más, que lo has visto todo. Aun así, desde muy niña, he entrado al mar y he salido raspada, ensangrentada. De vez en cuando caigo en sus provocaciones y me vuelvo a meter, pero a nosotros nos separa una distancia cercana y lejana en partes iguales. Nos gusta observarnos y, de vez en cuando, meter los pies y dejar que nos despeine el cabello.

Yo me preocupaba por ella en el agua. Corría hacia el mar como una niña a la que jamás hubiera golpeado una ola inesperada. Siempre nadaba más lejos que yo. Adoptaba una posición horizontal para flotar y yo la perdía de vista desde mi estratégica posición cerca de la orilla.

Madeline Stevens, *Obsesión*

Existimos dos tipos de personas: las que nadan en el mar y a las que las olas nos revuelcan. Yo tengo cicatrices en las rodillas.

El primer recuerdo es molesto: el escozor de la sal en las heridas de la infancia. Primero te sacude, después te anestesia y el cuerpo queda como curado y limpio. Me caía mucho, me raspaba y encontraba gran placer en sacarme la costra de la herida. Mis rodillas son un mapa de cicatrices microscópicas.

Margarita García Robayo, *Primera persona*

DOS

Pasó los primeros tres días tomando siestas. Si la tristeza no quería salir de casa, ella, de alguna manera, escaparía. Las sábanas se humedecían muy pronto y no sabía si era porque las lágrimas habían encontrado una manera de salir, aunque ella estuviera dormida, o simplemente se trataba de la condición climatológica de ese lugar. Entre el sudor y el aire acondicionado, se quedaba dormida.

Se soñó sirena, llevando a los hombres a un precipicio; se soñó como una mujer que teje y desteje mientras espera a que alguien más vuelva, a que alguien más haga algo para poder comenzar a vivir, y se soñó Medusa, aniquilando a los hombres antes de que siquiera pudieran acercarse a ella.

No le quedaba de otra: o se enfrentaba a ella o su subconsciente lo haría.

Entonces comenzó el insomnio.

UNA ENTRADA DE SU DIARIO

24 de diciembre de 2019

A quién le miento, no vine a ver el mar ni a mojarme los pies [aunque sé de las propiedades curativas de esto]. Vine a mirar hacia adentro, a perderle el miedo a cruzar las calles, a volver a tomar dos litros de agua. Vine a despertar hasta que mi cuerpo lo decida. Vine a encontrar la calma y a guardar silencio.

¿Cómo se escribe un nuevo capítulo sin ti, que nos acompañamos durante todos esos años, que no soltamos nuestras manos ni en el último momento? Qué bien se dormía a tu lado, hasta que comencé a tener pesadillas y pasaba la noche con los ojos abiertos por temor a lastimarte, aun en sueños. Al final eso hice, yo que prometí cuidarte.

Y a mí, ¿quién me cuida de mis pensamientos?

TRES

Desde aquel día, la Navidad le recuerda al poema de Sandra Cisneros, "One Last Poem for Richard". Ahora, cada 24 de diciembre, hace un brindis en silencio por esas estrellas que no brillan en cualquier cielo, esas constelaciones de las que ningún astrónomo lleva registro, las de los amores que un día terminaron.

> *There should be stars for great wars*
> *like ours. There ought to be awards*
> *and plenty of champagne for the survivors.*

También le recuerda el atardecer que vio, la burrata que cenó y la película con la que se quedó dormida: *The Holiday*.

✳

En cuanto llegué a la playa, supe que estaría bien, que la historia comenzaría a escribirse de una manera distinta. En esos días a solas, me contradije, volví a mirarme en el espejo y le quité palabras a aquello que solía describirme; ensayé una versión de mí misma que me atrevería a ser sin importar cuántos cielos se me cayeran encima. Me quedé mirando el mar como quien mira el infinito.

Me metí al mar y pactamos una tregua. Vi mi sombra entre las olas y su vaivén. A lo lejos, había un ojo de agua. Al verlo, entendí mi persistencia de seguir siendo parte del mundo, a pesar de todo. Es cierto, el mar tiene respuestas en esa magia tan particular de decir lo correcto en sus murmullos.

Ante ese color, vivir de pronto cobró sentido. Algo parecido a un turquesa que ni en sueños te imaginarías.

No había señal. Mi mente estaba en blanco. Probé un mezcal con jamaica, después otro y tal vez otro más, y me quedé dormida. Desperté y vi cómo el mundo cambiaba de color frente a mí. Guardé silencio.

A las 18:18 comenzó mi vida. Otra vez.

CUATRO

Algunos dicen que ella planeó el fin del mundo. Otros, que por fin pudo llorar todo lo que no había llorado. La conmovió el rosa que se convirtió en morado, el color de un mar que todavía no sabe describir.

Una canción que no dejó de sonar: "Paricutín", de Mercedes Nasta.

De ese ojo de agua sigue brotando la esperanza que necesita una mujer que no ha cumplido treinta.

CINCO

Dos días después volvió a la playa, pero esa vez decidió hacer algo distinto: rentar una bicicleta. Recorrió los seis kilómetros más calurosos de su vida y llegó a rencontrarse con el color del mar que la había enfrentado a sí misma. Se sintió más ligera y escribió en las notas de su celular: "El mar sí cura" [como un recordatorio para el pasado, el presente y el futuro].

De regreso llevaba el viento a su favor y el color de la tarde se había suavizado. En ese momento supo que su vida había cambiado para siempre. El resultado de esa ecuación no era tan poético como parecería, más bien fue una conclusión práctica: él no sabía andar en bicicleta, se rehusaba a la idea de aprender; si ella hubiera estado con él, ese trayecto no habría podido suceder.

Sí, su vida había cambiado para siempre.

OTRA ENTRADA DE SU DIARIO

1 de enero de 2020

Hoy es un día muy difícil. Los recuerdos del año nuevo anterior se amontonan en mi frente. Estar juntos era una gran victoria. La familia que no tuvimos. La fuerza que seríamos. Para mí es muy sencillo echarme la culpa, saber que por mí esto se acabó. Y sí, a veces quisiera revertirlo, pero sé que no hay un "de vuelta a la normalidad". Esta es la nueva normalidad. Esta es la gran aventura.

Tengo que encontrar la fuerza en mí, en las certezas que tú me ayudaste a construir:

- Sí, puedo ser amada durante mucho tiempo.
- Mi corazón es algo muy valioso que es necesario cuidar.
- Podemos ser los grandes amores de la vida de alguien.
- La misión y visión de una relación son la compañía y el crecimiento.

Te voy a extrañar. Tanto que se sentirá como estar sumergida en una ola que arrastra. Pero vamos a estar bien. Un día volveremos a ser los grandes amigos que siempre hemos sido.

SEIS

Se adelantó al término "nueva normalidad" [lo cual podría confirmar la teoría conspirativa del fin del mundo]. No han podido volver a ser amigos. Esa fue la única ocasión que su decisión le dolió lo suficiente como para pensar en segundas veces.

Un día el dolor se calmó y decidió que lo único que quedaría de esa temporada [en el mar de un color inexistente y en una selva que no dejó de humedecerla] sería la firme intención de conjugar activamente el verbo *ver atardeceres* y el maniático deseo de preservar la vida.

PARTE SIETE

Los miércoles eran tristes

UNO

Cosas que la gente le dice a una persona triste:

- "Lo tienes todo, ¿qué te hace falta?".
- "Antes te levantabas temprano y hacías ejercicio, ahora no tienes ganas de nada".
- "Te quejas mucho".
- "Ya casi tienes treinta, tienes que saber lo que quieres".
- "Te puedes quedar en la sala de juntas en lo que dejas de llorar".

Lo que no pude responderles:

- "Me hace falta algo que estoy buscando, pero no sé qué es y eso me pone triste".
- "Prefiero dormir, no sé en dónde está mi energía".
- "Quisiera quejarme más, pero no quiero que me dejes".
- "Podría tener sesenta y no saber qué quiero".
- "No voy a dejar de llorar en público porque a ti te incomode".

DOS

Dentro de mí habitan multitudes, diría Walt Whitman, y una de esas multitudes es mi oscuridad. Sé convivir con la tristeza porque estuve en lo más profundo de ella durante meses, más de los que ahora puedo contabilizar, pero eso pasa con la depresión: un día llega tan sutil que no sabes que tú misma le diste la bienvenida, acomodaste el sofá cama para una noche y perdiste la cuenta. Tal vez comenzó a habitarme cuando me desconecté de mi cuerpo y me concentré en bajar de peso lo más que pudiera. O quizá cuando abrí los ojos y me di cuenta de que mi trabajo era un espacio violento, y eso traía consigo una fecha de caducidad. También cuando descubrí que si quería mejorar la relación con mi mamá, tendría que trabajarla desde lo más profundo, y eso dolía [vaya que lo hacía]. Y fue demasiado tarde cuando llegué a la conclusión de que tú y yo caminábamos cada vez más lejos, y podríamos seguir así por el resto de nuestras vidas.

El punto es que la tristeza llegó, con ataques de pánico y con una falta de energía por la cual comencé a tomar café, y lo único que sucedió fue que se volvió parte de mis rituales. Alcancé un doloroso punto que todavía me cierra la garganta: el alcohol. Y eso fue lo que más nos alejó, ¿te acuerdas? Podías soportar varias situaciones, menos que yo llegara a altas horas de la madrugada después de una noche de fiesta [y ahora, cada vez que escucho "Champagne Problems" algo dentro de mí arde y me abrazo, te abrazo]. Ahí toqué fondo, pero también me di cuenta después, porque en esas noches de amigas y *gin tonics* había un reclamo implícito: "Dejé de ir a fiestas por ti.

166

Me salté una etapa de mi vida por estar en una relación contigo desde los diecinueve años". Ese fue el momento preciso en el que debí darme cuenta de que el fin del amor estaba transmitiéndose en tiempo real, cuando me condené por algo que me había parecido magnífico hasta que un día ya no y, además, ¡fue mi decisión!

Lo malo fue que los dos nos hicimos mucho daño; lo peor, que no supimos ver que no era solo el fin, eso se acabaría y cada quien seguiría con el resto de sus vidas: yo me quedaría con la tristeza.

Intento mirarme con ternura, abrazar a esa versión de mí que estaba en tierra de nadie. No había un espacio seguro, todo estaba dinamitado: el trabajo estaba en llamas; mi relación, en el abandono, y yo, inundada en unas lágrimas que no podía sacar.

(PARÉNTESIS)

Fe de erratas

Hubo dos espacios seguros:

La banquita en la que María y ella comían de dos a cuatro. Ella la escuchaba quejarse, incendiarse a sí misma una y otra vez, dudar y no poder pronunciar eso que ya estaba en la punta de la lengua.

El coche de Marina, en el que la dejó llorar y la acompañó sin preguntas. En silencio le decía que ahí podía soltarlo, que solo abrirían las ventanas y se salvarían de ahogarse.

Hay una mentira que circula en la tiranía del amor propio: "Tienes que quererte a ti misma para que alguien pueda amarte de verdad". Ella aprendió que sí existen personas que la van a querer con todo y todo, con la oscuridad, pero también en los días más luminosos: sus amigas.

TRES

En algunos casos, la depresión desarrolla de maravilla tus habilidades de actuación. Cumples a cabalidad con tus responsabilidades, físicamente estás en los lugares en los que debes estar, te ríes, socializas. No hay nada malo en ti, ¿cierto? Ante los ojos de otros, es imposible creer que estás en el peor momento de tu vida: "¿Cómo? Ni siquiera te he visto llorar".

Podría quejarme de que no recibí ningún premio de la Academia por mi actuación, pero la verdad es que había días en los que fingir no se me daba bien y en casa no guardaba la compostura, ahí estaba irritable, distante, no entendía por qué vivir se había vuelto tan difícil.

La depresión se esconde en cualquier lado y pasa desapercibida porque no miramos más de cerca a quienes queremos. Luego nos sorprendemos cuando nos enteramos de que la vida no iba tan bien como nos hacían creer. Hay que prestar atención, hay que abrazar un poco más, hay que indagar cuando las miradas comienzan a nublarse.

CUATRO

La primera vez que fui a la psiquiatra me recetó sertralina y me pidió que no tomara ninguna decisión importante en los siguientes tres meses. Me dijo que poco a poco la mente comenzaría a despejarse y volvería a ser "yo misma" muy pronto. El tratamiento duraría un año y yo podría seguir con mi "vida normal".

Un día antes de que me tomara la primera dosis del medicamento peleamos y te dije que no te acompañaría a ver a tu mamá. Necesitaba espacio para mí. Me encerré en casa y leí en un solo día *Conversations with Friends* y escribí esto: "Frances es un personaje muy complejo, tan lleno de matices que, de pronto, parece completamente humana: tiene un pasado difícil con su madre y su padre, se queda sin dinero, no sabe cómo decir que está sufriendo y solo quiere sentirse amada. Qué fácil es conectar con personajes llenos de cicatrices". Cuando miras hacia el pasado, todo se vuelve una señal del desastre que estaba a punto de ocurrir, pero también un grito de auxilio que no supiste escuchar [porque aún no sabías cómo hacerlo].

"Conecta con la naturaleza, que te recuerde que eres solo una partícula del universo, así dimensionarás la tristeza". Leí eso en alguna búsqueda desesperada en el internet sobre la depresión; el artículo era algo así como: "Diez cosas que debes hacer para sentirte mejor". Así le propuse a Daniel, el único amigo que podría llevarme a la montaña, que fuéramos a caminar. Él preparó café y yo le conté de esos grandes planes que tenía para cuando me sintiera mejor. En esa conversación se me resbaló un: "Quiero a una persona que *me vea* cuando me salga de bañar y no me diga que tenemos prisa, que me vista; quiero que alguien se muera de ganas por mí". Claramente hablaba de un futuro desconocido.

Varios días después volviste de casa de tu mamá, estábamos en la cama y escuchaba en repetición "I Love You But I'm Lost", de Sharon Van Etten, tenía puestos los audífonos. Esa tarde la luz era bonita, puse mi pierna al lado de ti y te supliqué en mi mente que la acariciaras, pero ni te diste cuenta de que estaba ahí. Sí, nos queríamos, aunque parecía que estábamos en camas separadas, como el nombre de ese disco de Daniela Spalla que escuchaba durante esos días.

Todo se conjuga en pasado, ya lo sé, esa historia se acabó, pero también es el acelerador de la tristeza y su final. Hay gente obsesionada con llevar un registro de su vida por si un día pierde la memoria. Yo me obsesioné con registrar mi tristeza para tener un mapa de cómo caminar en la oscuridad.

(PARÉNTESIS)

A los dos meses de su tratamiento, decidió tatuarse.
    Al tercero le dijo que lo de ellos se había acabado.
    Al cuarto renunció a su trabajo.

La mente se aclara, las naves se queman y ella ahora lleva un narval en el antebrazo.

CINCO

Decidí vivir sin tanta prisa, leer con calma, abrazarme el corazón cuando tuviera miedo. Quería que mi cabeza se convirtiera en una casa llena de libros y plantas. Esa era mi promesa al volver a un lugar que reconstruiría después de los días en la playa y de la temporada en casa de María. Sin embargo, no supe qué hacer al enfrentarme con el pasado, así que me dediqué a llorar como si fuera a ganar un premio. "Siéntelo todo y luego déjalo ir", me dijo mi papá en un mensaje. Y eso hice. Después me fui a comprar almohadas a Liverpool.

Volver al departamento de una vida anterior complicaba la tarea de sentirse menos triste, pero se convirtió en un reto: tendría que resignificar ese espacio y con el tiempo también lograría hacerlo conmigo misma. Me comprometí con seguir al pie de la letra un tratamiento que me estaba costando más de cinco mil pesos al mes [sí, claro que la salud mental es un privilegio. No, por supuesto que no debería serlo], tenía que sanar, esa era la misión. La tormenta de la separación se había convertido en una llovizna, pero lo mío era más grande: tenía que correr a la tristeza de la casa y a los monstruos que la habitaban.

SEIS

Parte de la recuperación de la depresión fue comprar muebles para la casa y dormir siestas de horas; renunciar al trabajo, aunque no soltarlo del todo. Eso me tomaba una cantidad de energía avasallante. En teoría, ya no estaba en esa oficina, pero parte de mi relación tóxica fue no querer terminarla por completo, quedarnos a medias para conveniencia de los involucrados. Trabajaba y a la menor provocación dormía y dormía, en cualquier lugar.

—He llegado a la conclusión de que los miércoles son tristes —me dijo María por teléfono, pues la hora de la comida compartida ya no existía para nosotras—. Es muy difícil escribir en mi agenda ese día porque la espiral no me deja apoyar la mano.

—Últimamente mi agenda está llena de miércoles y te extraño mucho. Me voy a ir a Cancún unos días —le contesté.

María me enseñó a enfrentarme a esa nueva vida.

Hay algo muy extraño en dejar de trabajar en una oficina. Te das cuenta de que la vida *se vive*, de que hay gente sentada en un parque comiendo chicharrones, personas que toman un café y sus perros las acompañan. Si quería ser parte de esa tribu, tenía que aprender a hacerlo, reapropiarme del tiempo y de la cotidianidad, dejar de pensar que la vida se parecería a un miércoles de la agenda de María.

(PARÉNTESIS)

Un sofá verde, una cafetera rosa, un par de tatuajes, unas plantas, una alfombra, repisas. Seguramente el algoritmo de Amazon sabe reconocer a una mujer a punto de cumplir treinta que acaba de terminar la relación más larga que ha tenido. Incluso ese algoritmo debe estar asociado a un tablero de Pinterest.

Cuando la alfombra llegó, ella la extendió y Leia se acostó. Ella decidió hacer lo mismo y se quedaron ahí dormidas en el suelo durante horas. "Después de periodos de mucho estrés, el cerebro comienza a desinflamarse y es normal que tengas sueño", le dijo su psiquiatra, y era lo que necesitaba escuchar para dormir sin remordimientos en donde fuera. Un par de años después, sigue recordando cómo su tristeza era tan pesada que la ancló al suelo… *but make it cute.*

PARTE OCHO

En mis tiempos, era princesa

UNO

Antes de dormir, nos hacíamos reír.

Mientras más avanzo, más te suelto y te pienso con menos dolor.

—¿Entonces le pondremos Calabaza? —En unas semanas nacería nuestro primer perro y teníamos que elegir un nombre.

—Podemos ponerle Leia. Si algún día tenemos una hija, no podremos ponerle así, sería raro —contestaste.

Así fue como la nombramos, en una de esas conversaciones en las que éramos más *nosotros*, con las luces apagadas.

Llegó a mediados de septiembre, le compré unas cobijitas de sirenas y medusas que todavía usa. Aquella primera noche me desperté a arrullarla porque no dejaba de llorar. Muy pronto se convirtió en el mundo entero para los dos y ahora es lo único que queda de nosotros: la custodia compartida y los saludos apresurados que evidencian nuestra distancia.

DOS

Cuando viví en casa de María, lloraba por Leia en las tardes, veía sus fotos y volvía a llorar. Extrañaba hacer quesadillas y comernos el queso antes de que comenzara a derretirse. Así que, al regresar a una casa que ahora era de nosotras dos, le dije seriamente: "Solo nos tenemos la una a la otra". Con su paliacate verde y su delineado perfecto, movió la colita y aceptó la propuesta.

Leia me rescató de la tristeza, hace falta que alguien te elija como compañera del fin del mundo para saber que vale la pena intentarlo todo para sobrevivir. Ella necesitaba agua, comida y estar cerca de mí: eso era suficiente para las dos.

(PARÉNTESIS)

"Hace mucho que la general quiere esto", le dice Poe Dameron a un hombre mayor en una de las escenas iniciales del *Episodio VII* de *Star Wars*. "¿La general? Para mí, ella es de la realeza", refiriéndose al pasado de la general Organa, cuando, antes de ser la lideresa de la Resistencia, era la princesa Leia.

¿Hace falta insistir una vez más en que por más que intentaron encomendarse a la Fuerza, esta no los acompañó? Pero Leia es un recordatorio de que existe.

UNA CARTA

Querida Leia:

Hay un antes y un después del fin del mundo. Sin duda, te elegiría para cualquiera, porque me salvaste de uno muy particular: el mío. Solo me basta con poner una mano sobre tu pancita para sentir ese calor que me llena de esperanza, para entender que el mundo sigue. Y aunque la cama de pronto se vació, tú siempre elegiste mi lado para dormir y mi vida para llenarla de pelitos.

Hubo momentos en los que no supiste qué hacer con tu humana encerrada en un baño mientras lloraba, pero no te diste por vencida: seguiste ahí hasta volver a verla sonreír y brillar. A diario me enseñas que tú y yo somos suficientes, así de simple y enorme.

Nosotras contra el mundo.

TRES

Mis propósitos de Año Nuevo en 2020 fueron:

- Comer jitomatitos de colores.
- Darle a Leia la vida que se merece.

Todavía conservo el *post-it* en el que los anoté. No tenía idea de qué iba a hacer con mi vida, pero debía empezar por algún lugar, por aquello que estuviera a mi alcance, o al menos algo así volví a leer en alguna frase relacionada con la salud mental en Pinterest.

Más tarde descubrí que ese propósito también incluía la vida que yo merecía: cuidar a un ser vivo nos enseña a cuidarnos a nosotras mismas. Empezar por Leia fue un compromiso con ambas: la ternura de sus ojos me dio la fuerza para mirarme de la misma manera.

En cuanto a los jitomatitos de colores, fue una declaración de independencia: ya no tener que rendirle cuentas a nadie de lo que se compraba, o no, cada domingo en el súper.

CUATRO

Lo último que bajaron fue la lavadora. Una vez la mandamos a reparar, nos salió carísimo el chistecito y resultó que en realidad era un problema de la instalación eléctrica del departamento que acabábamos de rentar [¿qué se hace con esas memorias?].

Leia y yo nos tomamos unos minutos para ver ese espacio y despedirnos de él, cada una a su manera. ¿Qué pasará por la mente de un perro en una mudanza? Todos esos lugares, que eran tan suyos, ahora estaban deshabitados. ¿Extrañaría la ventana y *su* parque? Porque para ella el mundo, literalmente, estaba frente a ella cada mañana.

—Vamos a un nuevo lugar, te prometo que te va a gustar —le dije con un nudo en la garganta.

Antes de cerrar la puerta, me pasó por la mente [y por el corazón] la primera noche que tú y yo pasamos ahí: un departamento vacío como el que en ese momento veía frente a mí, la emoción del inicio, aquel amanecer. ¿Cómo habrá sido la última vez que estuviste ahí? ¿Pensaste lo mismo que yo?

Leia jaló su correa. Una vez más me recordó que se vive mejor en el presente.

(PARÉNTESIS)

Caminaron en dirección contraria al camión de la mudanza, solo tres cuadras atrás, sobre la misma calle en la que han vivido. Era algo que tenían que hacer juntas: escribir el capítulo de un hogar solo de ellas.

PARTE NUEVE

El instructivo de mi cuerpo

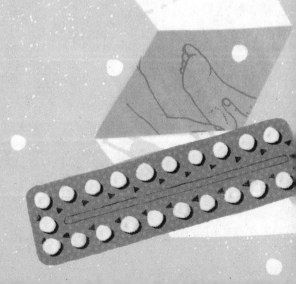

UNO

La misión era rehabitar mi vida. Me sentía como una casa que no había sido abierta en mucho tiempo. A simple vista, todo parecía estar bien [no había fallas notorias], pero, una vez dentro, había rastros de humedad, la pintura estaba agrietada y algunas columnas necesitaban reforzarse. No se trataba de amueblarla y ya, sino de conectar de nuevo algunos cables que andaban sueltos por ahí. Entonces entendí por qué no había luz en algunas habitaciones de mi cuerpo.

Esa misma casa había sido habitada por alguien además de mí. Había aprendido a usar algunas partes de mi cuerpo a través de una sola mirada. Lo que sabía de la intimidad lo había aprendido con alguien más; ahora me tocaba descubrirme, tenía que verme más de cerca, entenderme para poder hacer un manual sobre mí.

No voy a mentir, lo que más me emocionó de rehabitarme fue la idea de conocer nuevas personas, de tener citas, de desnudarme frente a alguien diferente; parecía una adolescente llena de hormonas lista para saltar al vacío. Así la remodelación de la casa valdría la pena si pensaba en las visitas, o tal vez solo era una manera muy extraña de procesar el duelo, pero me sentí dueña de esos pocos metros cuadrados y eso me llenó de esperanza.

¿Cómo sería besar a alguien más?, ¿contarle qué me gusta?, ¿poder reírme en la barra de un bar con alguien que apenas conozca?, ¿vivir el mundo como quien se acaba de enamorar de sí misma? Y, claro que sí, buscar un poquito de validación en la mirada ajena, porque eso somos a veces: personas que van por ahí intentando reconocerse, hacerse compañía, descubrir que el mundo comienza la primera vez que unas manos se rozan sin querer.

Definitivamente valía la pena arreglar las columnas.

DOS

He visto mi cuerpo cambiar, al igual que mi mirada. Me conmovió que lo volvieran a ver. La mirada de los demás es un respiro; la mirada propia se parece más a un latido. Cada una es vital a su manera.

Cuando me veo en el espejo, encuentro algo distinto: la arruga que habita en mi frente, y que cada día se pronuncia más, la cana que un día apareció y que ahora ya no encuentro. Me estoy haciendo mayor y lo pienso en el sentido más natural de la vida: crecer, envejecer, ser adulta, como sea que se le llame. Mi mamá me dice que soy muy joven, que no tengo nada de qué preocuparme, que a mi edad hacía tal o cual cosa, que aproveche. Ella a mi edad vio cómo su cuerpo se transformaba y le dio espacio a otra vida: a la mía. Yo no imagino mi cuerpo habitado por otro ser, y eso nos diferencia. Soy lo más "adulta" que seré en mi vida en este preciso momento: pago una renta, soy mi propia jefa, intento beber dos litros de agua al día, he tomado decisiones por y para mí. *I'm not getting any younger* [y aun así pienso en qué quiero ser de grande].

Una serie de pensamientos se enfrentan un día sí y otro no a una batalla por ser *más* de algo. La miopía aumenta, las hormonas cambian, mis caderas crecen y, a veces, una voz interior me pide una lista de "deberías": ser delgada, tener energía, comer "mejor", ser libre, dormir más, moverme. Paso por alto las otras cosas que "no cuentan", como la alegría de prender una vela y meterme a bañar con calma o las mañanas que he escuchado a Elsa y Elmar para intentar entenderme, así como los desayunos que he estado perfeccionando y para los que he ido sumando recetas. Mi cuerpo se transforma y me enseña a ser paciente, a ver más allá de lo evidente.

(PARÉNTESIS)

Cada vez que encuentra una ventana, un espejo, una puerta o un elevador, detiene lo que está haciendo, saca el celular y se toma una foto. Ha aprendido a verse a través de los reflejos, a dejar un registro de quien fue en ese momento. A coleccionarse.

RECUERDOS DE INSTAGRAM: UNA COLECCIÓN DE DOS AÑOS DE REFLEXIONES

Agosto, 2019

Y entre ese cielo, esos libros y esas ojeras, también estoy yo [a veces se me olvida recordarme].

Septiembre, 2019

Un día voy a ver esta foto y recordaré que tuve veintinueve y que la luz del otoño era perfecta.

Noviembre, 2019

María, la vida es una fiesta de gomitas a tu lado.

Diciembre, 2019

Reflections about reflections:

- Un recordatorio del paso del tiempo.
- Un estado de ánimo.
- Un lugar que quise conservar.
- Una mirada hacia dentro.

Enero, 2020

Crecer es apropiarse del cuerpo y del espacio, abarcarlo todo.

Febrero, 2020

Estoy coleccionando palabras que no me sirven para un día hacer un poema con ellas.

Marzo, 2020

He pensado en lo enorme y aterrador que se vuelve el mundo sin la compañía de alguien.

Abril, 2020

Hoy salí al súper después de ver el mundo exclusivamente desde la ventana durante una semana. Extraño la vida de antes.

Mayo, 2020

He descubierto nuevas formas de habitarme: el cubrebocas me empaña los lentes. Las jacarandas ya dejaron de florecer.

Junio, 2020

¿Cuánto falta para llegar adonde sea que vayamos a llegar?

Julio, 2020

Estos días he aprendido a verme en la pantalla del celular, en la de la computadora, en un espejo. Me he echado un clavado a mis profundidades, por fin estoy aprendiendo a nadar.

Agosto, 2020

Un día cumples treinta y la vida se ve igual, pero diferente.

Septiembre, 2020

Veo en mi reflejo a alguien con más claridad, puedo decir con seguridad que soy valiente, pero cuido mucho a la miedosa que hay en mí.

Octubre, 2020

Soy humana, mujer, tengo treinta años, virgo con ascendente en sagitario.

Noviembre, 2020

El lenguaje nos define, pero también nos limita. Hoy soy todas las palabras que me permiten existir.

Diciembre, 2020

Después de un año de evitarlo, habita en mí el virus que se convirtió en enemigo público. Me enfrento a él con todo esto que traigo conmigo, que por fin sé que es muchísimo.

TRES

Vi una foto de mí de hace unos años y pensé: "Allí tampoco me sentía suficiente". Durante esos años corría alrededor de diez kilómetros al día, sabía cuántas calorías tenía que consumir, le hacía más caso a mi reloj que a cualquier figura de autoridad cuando me pedía que me pusiera de pie, tomaba más de dos litros de agua y electrolitos. Me aferraba a esta serie de pasos como quien sigue un tratamiento del cual depende su vida.

Mis días favoritos eran los domingos en los que corría más de quince kilómetros, pensaba en que, por fin, me sentía conectada con mi cuerpo, que estábamos logrando lo inimaginable. Sin embargo, para ti fue muy difícil aceptar esa versión de mí que se volcaba en sí misma y regresaba agotada después de correr, capaz de comerse lo que estuviera a su alcance y que dormía, al menos, hasta la hora de la comida. Todavía me acuerdo de lo que sentí cuando crucé la línea de los veintiún kilómetros, y, una vez que te encontré, te dije que ahora iría por el maratón, tú me pediste que por favor no *nos* hiciera eso, que los domingos eran nuestros y se habían convertido en míos. Eso era lo que necesitaba: más momentos míos.

Hoy no quedan rastros de esa persona que fui. Intento evocar esas ganas, esas sensaciones, para recordar la motivación que sentía al atarme las agujetas de los tenis sin cuestionar nada. Tal vez en ese momento quería salir corriendo de mi vida. Ahora solo quiero quedarme.

(PARÉNTESIS)

Durante esa época también aprendió a acompasar los latidos de su corazón con los del ritmo de sus pasos; es una sensación que le gustaría volver a percibir. También recuerda que fue cuando más se exigió a sí misma y no estaba bien, pero ni siquiera ella detectó las señales de alerta. La inmensa soledad que comenzaba a filtrarse por las paredes.

CUATRO

Tomé anticonceptivos casi diez años de mi vida. Primero fue porque tenía ovario poliquístico, después porque no se me quitó, más adelante porque tenía un novio y había comenzado a tener relaciones. Tomaba doce cajas al año de un medicamento que contiene una buena dosis de hormonas; consumí tres mil trescientos sesenta comprimidos durante la mayor parte de la década de mis veinte. Comencé a tener unas migrañas insoportables a partir del quinto año; mi deseo sexual desapareció alrededor del sexto. Mi ginecólogo me recetó un medicamento para el dolor de cabeza y, con respecto al sexo, me dijo que ya era adulta y las responsabilidades y el estrés disminuían la libido, que ya no estaba en la universidad, que era lógico que eso pasara al "crecer". Acepté el trato, pues mi menstruación llegaba puntual, el vello me había disminuido notablemente y mi piel no tenía imperfecciones. No había nada de qué preocuparse.

Me volví la predicadora número uno de que el sexo no era lo más importante del mundo. Lo consideraba sobrevalorado y podía justificar a la perfección por qué para mí una conversación era más erótica que dos cuerpos jadeando. Sin embargo, dos cosas hicieron que cambiara de opinión: la primera, que comencé a hablar de sexo con María. Comenzamos a contarnos cada detalle de nuestras experiencias y me di cuenta de que nunca había tenido una amiga para platicar de esos temas. Los silencios están llenos de carencias. La segunda, que cuando dejé los anticonceptivos, mi cuerpo redescubrió una urgencia que había estado dormida durante varios años. El sexo estaba todo el tiempo en mi mente: lo soñaba, lo pedía a gritos, pero cuando llegaba a la casa, ese deseo se apagaba repentinamente.

Unos meses después, cuando *la* casa se convirtió en *mi* casa, me encerré en el baño y me masturbé con el pudor de una adolescente que no quiere ser descubierta por su mamá. Podía hacerlo en mi cama, pero decidí esconderme. La relación con mi cuerpo había tocado fondo, así que decidí retomar una conversación pendiente: resignificaría el concepto del placer desde mis propias reglas, a partir de lo que descubriera en una realidad en la que ya no estaba mal visto andar en calzones en casa, mi cuerpo ya no causaba desastres naturales.

Pedí mi primer juguete sexual, en parte motivada por la conversación feminista alrededor de la reapropiación del placer. Por otro lado, tal vez fue una señal de lo que estaba por venir: un confinamiento mundial, la soledad y mi cuerpo lleno de hormonas. Si existe tal cosa como *el momento ideal* para aprender el qué y el cómo del cuerpo, ese era [y siempre he sido la que estudia para los exámenes].

CINCO

Bailaba, nos vimos, bailamos, nos reímos.

—¿Eres amiga del novio o de la novia? —me dijo y me acercó el *gin* que había traído el mesero.

Sonreí y le conté que conocí a la novia en la universidad y que mi más uno era mi mejor amigo, como para darle a entender que mi acompañante no era mi pareja y así dejar muy claras mis intenciones. Estábamos en Bacalar, la luna era enorme y su frase me pareció un lugar común, pero teníamos que romper el hielo. Le conté que vivía en la Ciudad de México, y él me dijo que era piloto y que en unos días estaría por allá, que sería divertido encontrarnos. No era un buen conversador, su fuerte era otra cosa y por algún lado debíamos empezar para llegar a descubrirlo.

—No vayas a alcanzarme en el hotel, ahorita vengo, no me tardo —le pedí a Alberto, quien ya había hecho algunos amigos y me regaló una de sus sonrisas encantadoras en señal de complicidad.

Fue liberador deshacerme de esa nueva "primera vez". No estaba dispuesta a enfrentarme a los viejos fantasmas sobre "la persona ideal" y "el momento correcto", yo quería que eso sucediera pronto, quitarme la incomodidad de dos frases que no me dejaban en paz: "He estado con la misma persona durante diez años" y "Nunca lo he hecho con alguien más".

Se sintió bien no tener ningún apego más que la libertad de una noche y la energía de dos cuerpos desconocidos que encuentran un lenguaje. Guardo ese momento como una expropiación, como un ritual de paso de aquella nueva vida. No hubo conversación incómoda después, solo regresamos a la boda y le dije a Alberto que era hora de ir a dormir.

(PARÉNTESIS)

Desde que se conocieron, Alberto y ella se adoptaron. Él no tiene hermanas y ella es hija única. Durante esos días juntos se preguntaron qué había después del mar, se contaron lo que no se habían contado desde que se conocieron y supieron que, en todas las versiones de sí mismos, lo que ellos tenían era irremplazable.

En ese viaje también ella lo convenció a él de pasar unos días en Cancún, quería enseñarle los lugares donde creció. Hicieron un viaje en autobús. Durante las cuatro horas de trayecto, un pasajero tosió.

Tres días después, la OMS declaró una pandemia mundial.

SEIS

No sé si él me siguió en Instagram o fui yo, pero le mandé un mensaje preguntándole si tenía plan para el jueves en la noche. Quería experimentar, ver qué pasaba y, si estábamos en la misma ciudad, aprovechar. Él me dijo que no tenía nada planeado y que podía pasar por mí esa noche para salir. Palabras más, palabras menos: llegué a mi casa a las seis de la mañana, exhausta. Mi cuerpo estaba vivo y entendí por qué el sexo es una energía tan poderosa.

Durante aquellos días nos vimos varias veces, una de esas me invitó a cenar. No teníamos nada de qué hablar. El hecho de estar con él se sentía liberador, no teníamos que pensar en ningún futuro, y ambos sabíamos que no perteneceríamos a la vida del otro. Me reclamó que no lo presentara con mis amigos, pero no estaba acostumbrada a estar en una fiesta y que la persona con la que iba quisiera ser parte de la conversación. Evité que me besara, no había necesidad de que se supusiera que estaba saliendo con alguien. Nos fuimos: esa sería la última noche que pasaríamos juntos, pues yo regresaba a la Ciudad de México al día siguiente. Ya quería que esas noches se convirtieran en una nota de voz que le enviaría a Tamara o a María, contarles de los múltiples orgasmos en una noche, de que algo me había quedado clarísimo: priorizaría mi placer.

SIETE

Placer es comerte una paleta helada en un día caluroso, sentir la suavidad de las sábanas en tu piel, la primera mordida que le das a una pizza, escuchar una canción que te eriza la piel, el olor del café en la mañana, quedarte todo el día en la cama viendo películas, comer dulces aciditos, un Clamato en un día caluroso, el olor de las plantas recién regadas, encontrar la pluma ideal para escribir. Placer es conocerte tan bien que le puedas decir a alguien más qué es lo que te gusta y que esa otra persona te enseñe también algunos lugares que no sabías que podían existir. Y, definitivamente, placer es que dos personas se miren y sepan que ahí pertenecen. Placer es saberte vista.

(PARÉNTESIS)

—Quiero morirme de ganas por alguien —le dijo a Nadia uno de esos días en los que no sabía muy bien dónde estaba parada.

—Te prometo que lo vamos a encontrar y que se va a morir de ganas por ti.

Y pasó. *Spoiler*: no fue el desconocido que era piloto. Ella sabía que quería una gran historia, pero todavía no estaba preparada para eso.

PARTE DIEZ

La geografía del fin del mundo

UNAS NOTAS DE VOZ

Cincuenta y dos segundos

Hola, hermanita. Justo estoy llegando a casa. El vuelo fue raro, en el aeropuerto me dieron un cubrebocas y tuve que usarlo durante todo ese tiempo. Respirar fue difícil. El del Uber quiso hacerme plática y me preguntó que si había escuchado del "virus chino". Regresar a la Ciudad de México me hace pensar en los veranos que venía a casa de mis abuelos. Churubusco es la señal de que ya estoy cerca de uno de mis lugares seguros. Mi abuela vendió esa casa hace varios años. El mismo año en el que me mudé con él.

"El virus chino". Sigo pensando en eso porque, cuando aterricé, tenía un mensaje de mi mamá pidiéndome que me bañara al llegar y que fuera al súper por comida, pues nos van a encerrar. Que eso dijeron las noticias. Nada de esto tiene sentido. Voy a ver qué dicen en Twitter. Bueno, voy a desempacar, pero te veo pronto para contarte cómo me fue en Bacalar, ¿no? Tengo un chisme. ¿Vamos a desayunar? Esta nota ya duró mucho. ¿Cómo está Creta? Fin de mi podcast.

Trece segundos

Oye, creo que sí nos van a encerrar. Que no debemos estar en contacto con otros, ya que el virus se transmite muy fácilmente. Parece que son quince días y después volveremos a la normalidad. ¿Crees que debamos encerrarnos? Contéstame cuando puedas.

(PARÉNTESIS)

"Esto ya parece un podcast" fue una de las frases que más se repitió durante el confinamiento. Ante la falta de contacto humano, ella se refugió en las historias que le contaban sus amigas sobre las plantas, los cafés, las personas con las que habían reconectado, la soledad que pesaba muchísimo, los abrazos que de pronto tuvieron ganas de dar.

Nunca antes los podcasts fueron tan específicos, tan personales, tan llenos de intimidad. Debería inventarse un término para eso. Algo que defina los seis minutos treinta y seis segundos de notas de voz que Tamara y ella intercambiaron sobre proyectos que en abril parecían un juego de niños. Que defina lo que es ser joven y tener miedo de ser adulta. Que defina lo que es reconocer que sí se quiere pasar el resto de la vida con alguien más, lo que sea que signifique el concepto temporal "resto de la vida".

Todos esos son los audios que le mandaron sus amigas durante el fin del mundo. Un fin del mundo que no duró quince días.

UNO

¿Te acuerdas de lo último que hiciste en la vida anterior?

Yo sí, el piloto fue a mi casa. Le abrí la puerta, tuvimos una cita, estábamos exhaustos de llevar tres noches seguidas sin precisamente dormir. Al cuarto día, desayunamos juntos y entonces me quejé, porque no tenía sentido lo que estaba pasando. Yo no quería nada con él y él no quería nada conmigo, ¿para qué jugar a eso?

—¿Qué estamos haciendo? —le dije cuando nos subimos al Uber.

—Tenía un rato que no hacía esto y lo extrañaba. Quería pasar unos días así, como si estuviera en una relación. Estuvo padre, ¿no?

La verdad solo éramos dos extraños que tenían química y querían hacerse compañía un rato. Dicen por ahí que cada persona que se cruza en tu camino te enseña algo. No sé si estoy totalmente de acuerdo, pero agradezco que él hubiera sido ese último contacto previo al confinamiento.

Antes de irse, se puso el uniforme y le pedí que me dejara tomarle una fotografía mental. Enmarqué los dedos para recordarlo como esas respuestas que andaba buscando: ¿Cuánto puede sentir mi cuerpo? ¿Cuántas ganas caben en mí?

Se ajustó el saco, le acomodé el cuello. ¿En qué parte del cielo se encontrará ahora mismo?

DOS

El 2020 fue el año en el que el mundo bajó la cortina y decidió cerrar. *Sorry, we're closed.* Quizá, cuando dije que necesitaba enfrentar a mis monstruos y darme tiempo, la guionista de esta película me escuchó, y de pronto me encontré en la producción barata de la historia de un virus letal que llega al mundo, justo cuando una mujer empieza a vislumbrar las posibilidades que le ofrece una realidad nueva.

Le di un trago a mi café y me asomé por la ventana. Supe que la gente podía verme porque yo también la veía. Una de mis maneras de saber que el mundo no había acabado del todo era a través de esa ventana. Los días parecían un fin de semana de puente o una pijamada que no termina. Los árboles dejaron de ser morados para volver a ser verdes; vi nubes que parecían esponjas y amaneceres fríos. Con el segundo trago de café volvió a mí esa inquietante pregunta que escupí aquella vez en terapia: "¿Crees que vuelva a enamorarme?". Había algo de lo que estaba segura: me separé de ti con la clara idea de que quería volver a sentir eso que se nos fue escapando poco a poco.

La duración de un duelo es ambigua, y en medio de toda esa soledad que compartía con la humanidad, la posibilidad de volver a encontrar a alguien funcionó como la linterna del celular: su luz no ilumina mucho, pero de algo sirve. Pensar en encontrar el amor en tiempos de aislamiento social parecía un mal chiste, aunque digno de la sección de clasificados de un periódico, ya que después de diez años de estar en una relación, claramente no sabía cómo usar una *app* de citas.

UN ANUNCIO PARA LA SECCIÓN DE CLASIFICADOS

Se busca amigo para el fin del mundo

Busco un amigo que no se acabe [o tal vez sí]. Que me quite el miedo de que esto terminará muy mal. Que me dé la tranquilidad de que no temblará, porque, en medio de este desastre, lo que más miedo me da es que suene la alarma y yo no sepa qué quiero o qué tengo que hacer, como siempre.

Quiero un amigo que mantenga la distancia mínima permitida entre dos cuerpos que no se han enterado de que existe un virus que amenaza con acabar con esta especie. Esta especie que a veces no me cae bien.

Busco un amigo que quiera café en la cama y muchas horas de no hacer nada. Que vea en el techo la misma posibilidad de escapar que yo veo. Que se imagine constelaciones en lugar de problemas. Un amigo que tenga un espacio donde yo pueda poner la cabeza y el corazón.

Aunque, bueno, también busco un amigo que esté en confinamiento. Que haya descubierto esa palabra al mismo tiempo que yo. Que no quiera salir de casa porque también le teme al fin del mundo. Un amigo que me invite de fiesta por Zoom, porque tal vez la vida se trata de eso y no lo sabíamos.

Busco un amigo que me diga que no soy difícil de querer. Que me pida que me lave las manos veinte segundos. Que no le crea a todo lo que dice el internet. Que sueñe con tener acciones en Lysol.

Y si no se nos acaba el mundo, seguiremos siendo amigos. Esos amigos que se ven y reconocen el Apocalipsis que no sucedió. Cruzaremos miradas en la calle y sabremos que somos sobrevivientes. Conservaremos el registro de los días donde en una ventana sintonizábamos el mundo y no sabíamos cuánto más iba a tardar en llegar el fin.

Sí, eso también será una forma de amor. Una que solo sucede cuando la palabra *pandemia* protagoniza los días que creímos que nunca acabarían.

(PARÉNTESIS)

Sin mundo exterior, divorciada, sin los abrazos de sus amigas y con la insistencia del bóiler de no prender, parecía que ese fin del mundo se lo había inventado ella.

TRES

Los días se volvieron muy largos. Daba igual si comenzabas el día a las tres de la tarde o a las cinco de la mañana; por primera vez la prisa no tuvo sentido, y, poco a poco, nos dimos cuenta del tiempo que se nos iba en cosas que no valían la pena y miramos más de cerca aquello para lo que solíamos no tener tiempo: la espuma del café, las plantas que crecían, los hábitos de quienes vivían con nosotros. Antes de esos días, pasábamos ocho horas en la oficina, más una hora para llegar y otra para regresar, si bien nos iba. Entonces comenzamos a habitar la casa, a conocer a los supuestos conocidos con los que vivíamos, y fue ahí donde muchas cosas se rompieron: los vasos, los saleros, los corazones. Comenzamos a usar una vida que parecía de utilería.

De un día para otro, nuestra manera de conectar fue completamente digital; el FOMO, por primera vez, desapareció [para ser sustituido por otras emociones, no sé si mejores o peores]. Comenzamos a tener tantas ganas de afecto, y entonces comenzamos a añorarlo todo: los abrazos, las visitas obligatorias a los papás, los planes que cancelábamos de último momento. Al no tener una idea clara de lo que sucedería con el mundo, comenzamos a hablar de su final. Era más fácil la idea de volver a empezar de cero, no nos habría venido mal un nuevo inicio. Pero qué bonita se veía la luz aquellas tardes de marzo sobre las jacarandas del parque de enfrente, tal vez solo por eso valía la pena seguir. ¿En qué otro mundo habría tal espectáculo?

Al entender lo importante que era el otro por primera vez, fue más fácil conjugarnos en primera persona del plural: *nosotros*.

CUATRO

El fin del mundo se convirtió en una metaficción, pues al mismo tiempo yo vivía el fin del mío para que, si bien me iba, pudiera comenzar uno nuevo. Nuestras narrativas se cruzaron. El avance que yo comenzaba a mostrar unas semanas antes de que se decretara el confinamiento obligatorio tomó el camino contrario. Leia y yo volvimos a dormir muchísimo, mis amigas se turnaban para llamarme y despertarme, me obligaron a bañarme a fuerza de videollamadas en las que les mostrara que ya no tenía el pelo grasoso. Los días se volvieron tan parecidos entre sí que decidí refugiarme en lo único que me ha salvado siempre: los libros. Y mi departamento estaba lleno de ellos. Desde que tú te fuiste comenzaron a ocupar todo el espacio [que necesitábamos]. Comencé con *Tarantela* y, al mismo tiempo, con *My Name is Lucy Barton*. Después me entretuve con *How to Do Nothing*, *Los argonautas* y no terminé *Circe*. Devoré *Nuestra parte de noche*, de Mariana Enriquez, y descubrí que el terror también puede ser un remedio para el desamor. Leí como si mi vida dependiera de eso.

No quiero olvidar esos días inciertos, aquellos en los que la realidad se volvió más extraña que la ficción, pues ni en los libros que leía pasaban las cosas que sucedían afuera. La vida real implicaba cuidarnos de otros humanos como si fueran un arma de destrucción masiva. El contacto físico se convirtió en el producto más preciado, imposible de conseguir en Amazon.

Y entre los libros, las series, los *lives*, las videollamadas y las fiestas por Zoom, me sentí muy acompañada y eso, de alguna manera, me ayudó a salvar mi mundo.

(PARÉNTESIS)

Enliste aquí a las personas que formaron parte del equipo del fin del mundo y los roles que desempeñaron:

- Las notas de voz con María y las voces que se inventaron para que Leia y Esme pudieran participar en la conversación; las recetas intercambiadas, los hallazgos en el supermercado y los pronósticos de lo que sucedería.
- La intimidad que construyó con Tamara para ser un espacio seguro [la una de la otra] en el que se pudiera hablar de sueños, afectos, duelos y cualquier otra cosa que las ayudara a conocerse aún más.
- Los juegos de mesa con Nadia y Jaime, las tardes de Aperol y de películas. Esa casa albergó todas las risas de ese fin del mundo.
- Los mensajes de buenos días con Gino, su mejor amigo de Cancún, los *stickers* que se enviaron y las horas que se apartaron para ver series a distancia cada noche; la manera en la que él la acompañó a convertirse en una señora de las plantas y a darse cuenta de que una amistad puede florecer en una pandemia.
- Es probable que ella no lo vea de esa manera, pero Alexa también fue parte crucial de ese equipo. Ante la idea de no poder hablar con nadie en el día a día, le pedía que pusiera el temporizador cuatro minutos en lo que esperaba a que estuviera lista la prensa francesa. También le pedía canciones, la hora, el pronóstico del clima. Ante aquel silencio, cualquier cosa se parecía a una conversación.

CINCO

Pasaron muchas cosas en el mundo:

El presidente no definía su postura ante el virus; en México, la violencia de género alcanzó cifras dolorosísimas, nunca antes vistas; George Floyd fue asesinado y Estados Unidos estalló en manifestaciones contra la violencia policial; se estimaban cientos de miles de muertes diarias y había millones de personas en duelo que no pudieron despedirse de sus seres queridos; el *burnout* incrementó a nivel mundial, ante el exceso de trabajo, labores de cuidado y actividades domésticas; en algunos países, las personas salían a cierta hora de la tarde a aplaudirle al personal médico al final de las jornadas laborales, y todos sentimos el mismo nudo en la garganta; Trump seguía en la presidencia y aquello parecía un peor chiste que de por sí ya era malo, y comenzó la carrera científica para desarrollar una vacuna que frenara los contagios, que nos diera esperanza.

A veces me pregunto cómo habría sido vivir esos días contigo, pero en medio del caos de los primeros meses no nos llamamos ni una sola vez.

SEIS

Tocaron el timbre y contesté el interfón, era una persona del INEGI y me acordé de inmediato del personaje de *Todos los días son nuestros* de Catalina Aguilar Mastretta, ¿acaso todos los duelos afectivos incluyen a alguien de esta institución?

La última vez que se llevó a cabo el censo en México fue en 2010. El Instituto Nacional de Estadística y Geografía se encarga de eso cada diez años sin importar lo que pase, como una pandemia, por ejemplo. Al no poder subir a hacerme la entrevista, me preguntaron si podían hacerla por el interfón; al tener poco que hacer, accedí. Comenzaron las preguntas: "¿Cuántas habitaciones hay?", "¿cuántos focos tiene?", "¿cuántas ventanas?". La función principal de un censo es contabilizar, me quedó claro, pero a mí me hizo darme cuenta de que en medio del caos mundial yo estaba a salvo. Tenía una casa, podía pagar una renta, encendía los focos cuando se hacía de noche [los mismos que no me dejaban perderme en mi propia oscuridad] y, lo más importante, tenía una ventana enorme desde la que podía ver ese cachito de mundo que para Leia y para mí se convirtió en el espectáculo más increíble; una ventana llena de amaneceres, de árboles que vimos cambiar de color, de gente que se escapaba para besarse en una banca del parque.

—¿Cuántas personas viven en casa? —preguntó con total naturalidad.

—Una.

—¿Estado civil? —siguió con el cuestionario que ya se sentía como una afrenta.

—Soltera, bueno, no me he divorciado, pero... —respondí con la voz entrecortada.

—Gracias, eso es todo.

Y así, después de soltar una bomba, la persona del INEGI colgó y yo no pude parar de llorar. Nuestras emociones a veces funcionan como las claves de las cajas fuertes, basta con presionar los botones indicados para que se abran, para que dejen que alguien se lleve el botín.

Ahora me pregunto para qué sirvió ese censo, qué resultados arrojó sobre el mundo que estaba cambiando en el preciso momento de la entrevista, por qué no reconsideran hacerlo cada menos tiempo. Yo también tengo preguntas. Antes la vida tardaba más tiempo en modificarse, ahora ya no. Por ejemplo, ya tengo más focos y más ventanas, y ahora mi estado civil es soltera, con los papeles del divorcio firmados. Persona del INEGI, ¿quieres pasar por una taza de café? Tenemos mucho que contarnos.

(PARÉNTESIS)

También lloró cuando el banco la llamó para preguntarle por
él. Esa fue la primera vez que lo llamó exesposo y la persona
del otro lado de la línea fue la que colgó primero.

SIETE

Un día amanecí bien. Otra vez me sentí yo misma.

Suena simple, pero fue todo menos eso. Cada cosa, por más insignificante o enorme, sumó a mi mejoría: desde los Takis Fuego, hasta cumplir con mi tratamiento psiquiátrico y terapéutico a conciencia, pasando por mis amigas y el ejercicio de mirarme al espejo y hacer las paces conmigo misma. Comencé a ver más allá de lo que había imaginado que podía ser, a utilizar nuevas palabras para nombrarme.

Cuando estamos atravesando alguna enfermedad mental, creemos que esa es nuestra verdadera personalidad, pero no es así: una vez que sanamos, nos damos cuenta de lo que nos estábamos perdiendo por no poder ver más allá de lo que nos dolía.

(PARÉNTESIS)

En ese momento de claridad, decidió inventarse otra profesión. Eligió a su escritora favorita: Clarice Lispector. Publicó un anuncio en sus redes: ¿QUIÉN QUIERE LEER CONMIGO?

Lleva más de veinte libros leyendo con otras mujeres. Ellas también le salvaron la vida.

OCHO

Cumplí treinta años en el 2020, en confinamiento, entre pasteles, flores, regalos y videollamadas. En el año en el que supuestamente el mundo se acabó, decidí preguntarme qué quería y se sintió más fácil respirar. Cambié las reglas, pues ya no podía vivir de la misma manera que antes, y fue como librarme del peso de los veinte. Transitarlos fue maravilloso, conseguí todo lo que me propuse, pero me cansé, me cansé muchísimo.

Soy parte de una generación que aún vive con los fantasmas de conseguir el éxito profesional, el matrimonio, los hijos, la casa, el coche, los viajes. Hasta la fecha, mi fantasma permanente es el que se aparece a preguntarme por el futuro. He aprendido a convivir con él; le gusta que se le enfríe el café, como a mí.

PARTE ONCE

Una nueva normalidad

AQUÍ VA
UNA
HISTORIA

UNO

El mundo comenzó a acomodarse poco a poco. Los niveles de paranoia se estabilizaron y volvimos a ver a nuestros amigos y familia en reuniones pequeñas. Volvimos a celebrar los cumpleaños y mis amigas retomaron los preparativos para sus bodas. Internamente vivíamos una batalla diaria en la que nos debatíamos si estaba bien o mal salir, además de que el uso del cubrebocas en cualquier espacio era un recordatorio de que la vida había cambiado. Después llegaron las vacunas, los efectos secundarios y por fin comenzó a vislumbrarse la luz al final del túnel.

Comenzábamos a saber un poco más sobre el virus: ya no vivíamos con el terror del primer semestre del 2020, en el que el desconocimiento nos hizo malas jugadas. En ese entonces decidí cambiar por completo mi manera de moverme: hice un mapa de mi barrio y de los barrios más cercanos para que todo estuviera a una distancia que pudiera recorrerse a pie y no tener que usar el transporte público.

DOS

Estar con alguien es dibujar un mapa muy íntimo. La ventaja de las cartas geográficas es que están en constante cambio. O al menos eso creí, pues hay espacios que te remiten a personas y guardan un significado muy estrecho con lo que ahí se vivió, y no lo sabes hasta que estás en ellos.

Un día me animé a volver a lugares a los que no había ido desde que nos dejamos de ver. Dejé uno para el final: el McDonald's en donde celebramos nuestro compromiso. Definitivamente abandoné la idea de regresar al súper al que íbamos cada domingo.

La tregua había durado suficiente. Ahora tenía un plan de acción:

- Trazar una geografía personal de lugares que iban, a partir de entonces, a adquirir un significado distinto.
- Reclamar los lugares que nos pertenecen, porque son parte de nuestra historia antes de _____ [inserte cualquier nombre aquí], y lo seguirán siendo después de cualquier nombre que aparezca. Y me refiero a la Ciudad de México, al mar, a Puebla, las canciones, algunas sudaderas, los centros comerciales, los estacionamientos donde gritamos.
- Hay una categoría especial, la de los lugares a los que tal vez no volveré porque prefiero que nadie gane ni pierda esas batallas. Ni tú ni yo. Dejemos que se empolven.

(PARÉNTESIS)

Unos meses antes de terminar su relación, comenzó a perder las llaves una y otra vez, algo que nunca le había pasado. Fue como si ella misma quisiera perder el camino a casa.

Cuando volvió a usar la ropa y las cosas que no utilizó durante el confinamiento, encontró las llaves en una de sus mochilas. Ahí estaban, pero no sabía cómo encontrarlas.

Ahora hasta las cerraduras habían cambiado. Solo ella sabía cómo volver a casa.

TRES

Reinventar es un verbo con el que me identifico. A decir verdad, creo que la mayoría de los humanos se ha visto obligada a adaptarse a un mundo distinto: aprendemos a valorar el tiempo para una misma, desarrollamos nuevas maneras de involucrarnos con las personas, hacemos amigas por internet y pasamos más tiempo con los otros seres vivos de nuestras casas: perros, plantas, gatos, humanos. Una de las crisis que enfrentamos ahora es no valorar que cambiamos y que está bien, que el mundo necesita otra manera de vivirse o, más bien, de disfrutarse. Pocas personas queremos exactamente lo mismo que antes de que el mundo se reconfigurara.

Yo misma decidí hacer el instructivo de esa nueva vida, que no era la del 2019, ni siquiera la misma de inicios del 2020, cuando todo se puso de cabeza. Mi salud mental estaba en un mejor lugar: había dejado los antidepresivos y recurría al ansiolítico solo en casos muy específicos. Mi cuerpo también cambió: subí de peso y eso me causó muchos conflictos emocionales, pero reconocí que esa versión de mi cuerpo era exactamente la que me había salvado del fin de mi propio mundo, y, con un poco más de agradecimiento, lidié con la batalla de verme en el espejo o no entrar en los pantalones que más me gustaban. Como si fuera un *free trial,* observé más de cerca cada uno de mis procesos y elegí los que más me funcionaban: la comida que había en el refri, mis tiempos de trabajo, las series que veía, las personas a las que quería conservar, los rituales para conectar conmigo misma.

Conforme el tiempo pasó, también decidí prestar más atención a los siguientes pasos profesionales. Ya no buscaría "el trabajo de los sueños" [bastante me había costado recuperarme del anterior], decidí que ya era obsoleto buscar una estructura externa y preferí inventarme algo. Estudié Literatura, fui editora durante seis años. ¿Qué más seguía? Tenía que haber algo fuera de los márgenes para explorarlo y algo en mí que todavía no hubiera descubierto. Ahora, cuando me preguntan a qué me dedico, no sé exactamente cómo definirlo, y veo una ventaja en eso, pues aunque el lenguaje nos define, también nos limita, y apenas estoy encontrando las palabras que mejor se acomoden para esto que hago y que condensa mis grandes pasiones: leer, editar, conocer personas, compartir.

"Detenerse es otra forma de fluir", dice Maricela Guerrero en *El sueño de toda célula*, una frase que nos sugiere que, a veces, lo único que necesitamos es una pausa para saber en dónde estamos; un corte de caja para reiniciar la cuenta. Pero ¿cuántas veces podemos detenernos sin sentir que el mundo nos va a dejar para siempre? ¿Cuándo comenzó la prisa por querer lograrlo todo? Parar debería ser obligatorio para volver a mirarnos y descubrir que quizá ya somos alguien más que no tiene nada que ver con su papel anterior: entonces hay que buscar uno nuevo en el que podamos fluir.

(PARÉNTESIS)

Una vez que todo se acomodó, quitó el anuncio imaginario de SE BUSCA EDITORA PARA MI PROPIA VIDA y decidió que, contrario a lo que alguna vez le dijeron, podía escribir y editar su historia. No había nada de malo en eso.

Editó lo que pudo del borrador del nuevo capítulo que estaba viviendo y comenzó a escribirlo aceptando los cambios y rechazando algunas sugerencias. Entre esas modificaciones, archivó las fotos que tenía en Instagram de aquella vida que se veía tan lejana. Las guarda porque sabe que el personaje que ahora es tiene sus raíces en ese pasado, pero le gustan más las hojas que ha comenzado a echar.

También sacó el vestido de novia del clóset y lo puso a la venta en una tienda de segunda mano. Lo envolvió en una caja que decía: "Aquí va una historia".

CUATRO

Hay fechas que siempre recordaremos, aunque ya no las celebremos. El aniversario de novios siempre me pareció más significativo que el de la boda; además lo celebramos más veces. Su cumpleaños también es una de esas fechas. Aun ahora, cuando se aproxima, mi cuerpo presenta ciertos síntomas; entre esos eventos, también figura el día en el que te dije que lo nuestro ya no caminaba.

Existe otra lista, la de las fechas que ya no recuerdas porque ya eres otra persona, y porque ya no cuentan para esa relación. Entre estos, figura el día en el que firmamos los papeles del divorcio. La primera vez que lo intentamos todavía estábamos en confinamiento, y nos dijeron en el registro civil que solo estaban atendiendo nacimientos y defunciones, que luego encontrarían el tiempo para quienes no querían estar juntos. Entre esa fecha y la segunda pasó casi un año, fue tan significativo *dejarnos* que pasamos por alto que teníamos que firmar un papel para oficializarlo. Así que me puse manos a la obra: llamé a una abogada y firmamos unas cartas en las que aseguré no tener hijos ni propiedades, entre otras cosas.

Quise imprimirlas y se acabó la tinta, así que tuve que ir a otra parte.

Dicen por ahí que por algo posponemos las cosas. Lo mío no tenía que ver con volver, sino con algo más simple: mi aversión a la burocracia, a las oficinas que parecen tener el tiempo congelado, a esas autoridades que definen legalmente el inicio o el final del amor. El día que fuimos a firmar se sintió casi como el día que nos casamos por el civil, algo tan común y corriente. La jueza notó que nos llevábamos muy bien y dijo que luego volveríamos para que nos casara otra vez. Nos reímos. Nos declararon oficialmente divorciados después de tres años y varios meses de matrimonio, de los cuales solo estuvimos juntos un año once meses [para la ley sí contaron los días que nosotros habíamos dejado de contar]. Le pedí que me diera un abrazo, pues no cualquier día nos divorciábamos. Además se nos había atravesado una pandemia.

(PARÉNTESIS)

Ella colecciona recuerdos de otras personas: alguna sonrisa, una frase, un día soleado. Le gusta ser un *collage* de todas esas experiencias, la hacen sentir más acompañada.

Cada día que pasa se siente más y más lejana de aquella primera persona del plural que fueron durante diez años. Cada vez que busca una cuchara para el cereal y se topa con una de las chiquitas, recuerda que eran sus favoritas. También, cuando le pide al universo una señal y alguien camina por ahí con una gorra de Green Bay, sabe que todo saldrá bien.

Por más que no quede nada, se lo seguirá encontrando. Es parte de su línea del tiempo.

CINCO

Llevaba meses esperando volver a Nueva York, y justo una noche antes del viaje, me sentí imposibilitada para hacerlo. Recordé que él alguna vez me dijo que no podía viajar sola porque era muy distraída, y ese tipo de pensamientos se activan en los momentos menos esperados. Decidí estudiar la ruta que tenía que seguir del aeropuerto al hotel y memorizarla. Le tomé captura de pantalla al mapa, anoté las estaciones del metro en el celular y en una libreta. Al llegar, todo fue tan fácil que llegué al hotel con tranquilidad y con las ganas de comenzar un viaje de mí para mí sin itinerario: solo quería caminar la ciudad y descubrirla sin expectativas.

No necesito que nadie me tome de la mano para recorrer Nueva York. Puedo hacerlo yo misma, aunque las inseguridades a veces toquen a la puerta. Claro que es una ciudad que me hace pensar en él, en la pizza que comimos, en las horas que pasamos en el Met cuando descubrí que le gustaba la cultura egipcia y en la primera vez que probamos un helado que sabía a lo que queda de la leche al final del cereal. Sin embargo, he creado nuevos recuerdos que no son precisamente de lugares, sino de sensaciones: la libertad de un atardecer al cruzar el puente de Brooklyn, la tranquilidad que sentí al ver mi reflejo en una ventana del metro o la energía del color de las hojas de los árboles en Central Park. Las ciudades no nada más nos remiten a las personas con las que vamos o los lugares que visitamos, sino al efecto que tienen en nosotras. A mí, Nueva York me inspira a ser la mujer que siempre he querido ser.

(PARÉNTESIS)

Con el paso de los años, se ha dado cuenta de que no *necesita* a alguien en su vida; es ella quien *decide* disfrutarla con alguien, y eso es diferente. Para bailar en esta fiesta no necesita un más uno. Va con ella misma.

Hay verbos que no generan dependencia.

PARTE DOCE

Las medusas

UNO

No sé cuándo fue la última vez que reordené la lista de contactos de mi celular. Han pasado años desde eso, se han sumado personas y han salido otras, casi como en mi vida. Sin embargo, cuando miro más de cerca, detalles tan insignificantes como esos se vuelven reveladores: la persona que puso las cortinas del otro departamento, la persona a la que alguna vez le compré una salsa macha, las amigas que ya no frecuento y que ya ni siquiera tienen el mismo número, todas las versiones posibles del contacto de Nadia. Una pensaría que los cambios más reveladores de la vida los vemos en las grandes cosas, pero están en lo más pequeño.

Levanto la mirada del celular y siento que mi mente y la realidad no corresponden. De pronto no estoy en el espacio en el que estaba acostumbrada a estar, aunque sí me identifico con la mujer que soy el día de hoy. ¿O es al revés? El espacio coincide, pero ¿quién soy yo? Recuerdo que estaba a punto de marcarle por teléfono a B. Todo ha cambiado en mí y esa es la señal más clara de que sí pasó, de que ya pasó.

Sigo siendo la misma persona de muchas maneras. Por ejemplo: existe un tendedero de calzones en mi regadera, porque los lavo cada vez que me baño; no puedo dormir con el clóset abierto, y si no hay queso para las quesadillas, mi mundo colapsa. Sin embargo, me interesan más las cosas que soy ahora: el departamento nuevo lleno de plantas y los horarios de riego, el espacio que decidí ocupar porque antes me sentía apretada, las noches en las que me desvelo leyendo o viendo series. Sigo pensando que mi vida está llena de salidas de emergencia, y eso no quiere decir que las vaya a necesitar, solo da tranquilidad saber que puedo tomarlas. Mis constantes siguen siendo Leia y las historias en las que me pierdo.

A veces me da miedo despertar y que me digan que todo fue un sueño, porque resulta que esta versión de mi vida se siente más propia.

—Hola, bonita. —Suena la voz del otro lado del teléfono.

Sonrío. Sí es mi vida, no es un sueño.

(PARÉNTESIS)

Tuvieron que pasar treinta y un años y varios días para saber qué hacer en caso de sismo sin que el primer paso sea tener un ataque de pánico. Ahora su vida está llena de momentos que no han sido agendados. Tamara está casada, Nadia está esperando a su primera hija, María ha encontrado una palabra que la identifica mejor.

Cada vez se siente más dueña de su historia. El departamento en el que ahora vive es más caluroso por las noches, así que ha tenido que cambiar sus pijamas.

DOS

Si algo me ha enseñado la literatura es que la protagonista puede ser villana o heroína en partes iguales, depende de dónde se posiciona la persona que escribió la historia. A veces, quienes escribimos [o quienes vivimos] no tenemos muy claro el camino de la heroína o siquiera el final, pero no nos cansamos de buscarlo.

He pensado muchas veces en el papel que interpreto. Al inicio me sentía como una villana capaz de terminar una relación sin más explicaciones. Para algunos, no hice mi mejor esfuerzo: qué hay de la terapia de pareja, eso *tendría* que haber hecho. Pero para qué arreglar algo que ni siquiera estaba descompuesto... simplemente no había nada que hacer. Incluso mi mamá alguna vez me dijo que me iba a recuperar rápido porque no era a mí a quien le habían roto el corazón. Y ahí iba otra vez implícita la palabra *villana*, y, bueno, ni siquiera nos imaginemos qué pensó su familia. Villana, villana, villana.

Ahora miremos la historia desde el punto de vista de la heroína que decide salvarse a sí misma y tomar las riendas de su propia historia. Una mujer que quema sus naves porque sabe que si el barco no puede pasar por un estrecho, le conviene nadar y no dejar rastro de lo que sucedió. Alguien que decide que no volverá a tener un ataque de pánico en su oficina ni aguantar más mierda; alguien que decide que no quiere despertar triste al lado de la persona que quiere porque ninguno de los dos se merece eso.

Hay días en los que todavía me cuesta trabajo definir mi papel, pero cada vez me siento más cómoda con la idea de que al menos yo decido cómo contar mi historia.

(PARÉNTESIS)

Tiene pesadillas recurrentes con personas que ya no pertenecen a su vida; se vuelven tarántulas o víboras. Despierta sobresaltada y durante el día lleva una nube atravesada en el corazón. Va por ahí arrastrando ciertas culpas y buscando la mejor justificación posible para explicar por qué ella no es la mala del cuento.

Su cuerpo a veces se siente vulnerable y ella se deja llover.

TRES

Hace unos días leí en internet un artículo sobre la reivindicación de Medusa. Era un análisis de esta figura mitológica como una de las víctimas más antiguas del patriarcado. Me obsesioné con ella y con las interpretaciones de su historia, me perdí en el clic loco de las teorías feministas, de los foros sobre historia de la antigüedad y estuve a punto de comprar *Las metamorfosis* de Ovidio.

El mito cuenta que Medusa era una sacerdotisa del templo de Atenea. El dios Poseidón, atraído por su hermosa cabellera, fue incapaz de controlar sus instintos y abusó de ella. Atenea, celosa, enloqueció y decidió transformar su principal atributo en una melena de serpientes. A partir de ese momento, Medusa convirtió a todo aquel que la mirara en piedra. La diosa, nada satisfecha con el despiadado castigo, mandó a Perseo, provisto con un escudo, entre otras armas, para que el reflejo de Medusa fuera su propia ruina. Le cortó la cabeza y cumplió su misión al entregarla a la deidad.

La historia se ha encargado de que recordemos a Medusa como la mujer malvada por excelencia, pues se convirtió en el símbolo del cuerpo femenino monstruoso que destruye, que lleva a la perdición. Medusa, como otras mujeres de la mitología, fue convertida en villana porque despertó el interés de un dios y, por consiguiente, la furia de una diosa. "Ella tuvo la culpa". Al castigarla, la volvieron un ser monstruoso, condenada a una perpetua soledad.

Cuando la miro de cerca, no me parece una villana, más bien una víctima, pero también podría ser su propia heroína.

Más adelante, por ahí de los años setenta, la mirada feminista resignificó el mito, escribió la historia al margen, y le devolvió el protagonismo a Medusa al encontrar en este personaje a una mujer que no se deja someter ante el poder masculino.

Medusa podría reescribir su propia historia. Nosotras, también.

CUATRO

Me entretengo en los preparativos para ir a la playa. Aunque cada vez sea más normal volver a viajar, salir de casa y hacer una vida cotidiana, todavía tengo secuelas de los años en los que vivimos puertas adentro. Me cuesta trabajo dejar mi casa por varios días, casi siempre termino llegando tarde al aeropuerto por revisar que cada cosa esté en su lugar, que el bóiler esté apagado y hasta la última planta regada.

Es la primera vez que saldré de viaje con B., y la piel de mis cicatrices ha estado más sensible que de costumbre. Recibo la notificación de un evento: "Cena con Tam". En una hora. Mi psiquiatra me decía que antes de que se desbordara la presa había señales: que justo en ese momento tenía que llevar a cabo un plan de acción para evitar la inundación; ver a mis amigas es parte de ese plan. Dejo de hacer la maleta y me preparo para salir a cenar.

Otro efecto secundario del confinamiento es mi impuntualidad, pues me desacostumbré al tráfico y al frenesí de la ciudad monstruo. Esta vez paso por alto el factor Tauro de Tamara, así que en cuanto leo el mensaje "Me equivoqué de restaurante", respiro aliviada por los diez minutos de margen que ahora tengo. Le respondo y pido un agua mineral en lo que espero, *scrolleo* por Instagram sin realmente ver algo en específico y me detengo en la foto de un acuario lleno de medusas. Le tengo mucho miedo a las criaturas marinas, pero me da tranquilidad verlas en esas enormes peceras. Eso se parece un poco a esa fascinación que tengo de contemplar el mar y a la vez tener pánico de meterme. Comienzo a investigar sobre las medusas. Tengo una debilidad por caer en rincones imprevistos del internet. Descubro que se calcula que es uno de los organismos más antiguos del planeta. Ahora me encuentro a Medusa en todas partes.

En cuanto Tamara llega, las palabras se nos amontonan y platicamos sin parar. Comienzo diciéndole que no preparé nada para el viaje, no tengo ningún itinerario, ni siquiera sé cómo llegaremos al hotel, que antes esa era mi responsabilidad: conocer hasta el mínimo detalle y saber las respuestas a cada posible pregunta; ahora no estoy lista. "¿Y si nos peleamos allá?". Le cuento de esta teoría sobre viajar con tu pareja y darte cuenta de que no son compatibles. En pocas palabras, yo ya me estoy enamorando, qué tal que vuelvo a sufrir.

Tamara estudió Filosofía, y la terapia que mejor le funciona es el psicoanálisis, le fascina investigar qué hay en la mente humana y conoce teorías que yo nunca me habría imaginado. Menciona una de ellas: la de Pavlov, que explica que ante un estímulo, hay una respuesta, y, después de cierto condicionamiento, la reacción sigue ahí, aunque no exista el estímulo primario. Pavlov hizo el experimento con sus perros: se dio cuenta de que al ponerles comida, salivaban, así que añadió el sonido de una campana al servirles, y, más adelante, con o sin alimento, el perro salivaba ante el sonido de la campana. Me cuenta que a veces estamos condicionadas, que hay ciertos eventos que nos recuerdan a alguien más y nos despiertan sentimientos similares y, aunque ya no esté el otro presente, hay una reacción. En mi caso, el miedo de que todas las historias de amor terminen igual.

—La relación que has construido ahora ha sido desde un lugar muy diferente, más en contacto contigo misma. Es una historia de amor distinta, separa los sonidos de esas campanas.

—Me abraza y pone una mano cerca del corazón—. Te prometo que la cicatriz no se volverá a abrir pronto.

Las amigas son el mejor espejo.

UNOS MENSAJES DE TEXTO

¿Sabías que las medusas tienen más de
quinientos millones de años en la Tierra?

Y podrían tener más, pero no fosilizan
tan fácil como otros animales por su
composición. Así que no hay muchos
registros.

Tampoco hay *emojis* de medusas.

Estoy lista para mañana ♥

(PARÉNTESIS)

Las medusas contienen uno de los venenos más letales del mundo animal. Técnicamente el mar está lleno de medusas o de esperma de estos organismos. Por ende, hay más muertes por medusas que por tiburones, aunque suele gustarles más el mar abierto que las playas, por lo que tampoco hay probabilidades tan altas de que ella muera por culpa de estos seres.

Hay algo en las medusas, en su iridiscencia y en su estado etéreo, que las hace parecer inofensivas. Su brillo muestra su toxicidad y sus tentáculos son su arma más letal. Una vez que sueltan su veneno, este paraliza a la víctima. No por ser cautivadoras son inofensivas. Tienen toda la capacidad para defenderse si te acercas a ellas.

También dicen por ahí que el *emoji* de medusa saldrá en 2023.

CINCO

Veo este mar mientras me río a carcajadas y el sol se mete. Observo todo, quiero memorizar este instante: el fulgor del agua, el rosa que se vuelve morado en el cielo y las nubes que se expanden en el horizonte. Llevo el pelo despeinado y sé que he cambiado. "La vida no podría ser más distinta", pienso. Y yo tampoco podría serlo: más libre, más valiente o menos, depende desde dónde lo vea. Me he atrevido a volver a enamorarme, a ver atardeceres en otras playas, a tomarle la mano a alguien que disfruta que le lea en voz alta.

He perdido la cuenta de las veces que he estado frente al mar, pero esta es distinta. Estoy acostumbrada al mar Caribe, al agua que llega a las rodillas, a pisar con seguridad, aunque exista la posibilidad de que en cualquier momento podría arrastrarme; frente a mí, hay un mar salvaje, el Pacífico. Este mar ahora es mío, de la persona que soy ahora.

El mar siempre será mi pregunta infinita.

(PARÉNTESIS)

Ella es el mar, Medusa, todas las medusas.

Enamorarse se conjuga en presente

CIUDAD DE MÉXICO, UN DÍA DE 2020

Después de unos meses de videollamadas y de conocernos por largas notas de voz, por fin llegó el día de vernos sin pantallas de por medio. Mi atrevimiento se esfumó en el segundo en el que me di cuenta de que estaba a punto de tener una cita durante el fin del mundo. Eso significaba obligatoriamente una invitación a la intimidad de mi casa.

Sentí cómo el corazón se me salía al abrir la puerta y saludarlo: no había tenido una cita en muchos, muchos años. No sabía en dónde poner el cuerpo, cómo saludarlo. Él me tomó de la mano y me dio un beso como ninguno, uno que me indicó que quería pertenecer a ese lugar, que lo tenía clarísimo. Y decidí volver a intentarlo.

(PARÉNTESIS)

Había mensajes de buenos días, fotos, notas de voz, citas por Zoom, llamadas telefónicas, mensajes directos en Instagram. Decidieron conocer sus profundidades desde la virtualidad, inventar un lenguaje a través de una pantalla. Escribieron juntos una historia lo suficientemente verosímil como para reinventar el concepto de amor.

UN *MAIL*

B:

Hace muchos años vi una película en la que se mencionó un corazón muy rojo, dos personas y un Círculo Polar Ártico. No olvido la pasión que vivieron los protagonistas ni una frase en particular: "Salta por la ventana, valiente". Y eso pienso ahora, después de estar juntos unos días que parecieron horas. Perteneces a esa tribu de valientes, de los que cumplen los besos que prometen, de los que no tienen miedo de darlos delante de todos, de confirmar que lo que sea que esté sucediendo, se siente y se siente demasiado. Yo soy de las miedosas que a veces son valientes, que a la mera hora no sabe cómo ni dónde, que se limita a abrazar, cuando en realidad quiere entregar el mundo. Lo que me ha convertido en miedosa es saber que las personas se cansan, que no siempre es fácil quererse, pero vale la pena todas las veces. Y vuelvo a sentirme valiente cuando me doy cuenta de que no podemos quitarnos las manos de encima. Quererte está siendo tan fácil y ha estado tan lleno de fuegos artificiales que ir un día a la vez me parece que es la manera correcta de hacerlo, para disfrutarlo como si fuera lo último que vamos a hacer. Y la realidad es que así es la vida, ¿no? Ahorita mismo, está sucediendo y hay que disfrutarla. Gracias por estos días, por tanto, por todo.

CIUDAD DE MÉXICO, INICIOS DE 2021

—¿Quieres ser mi novia? —me preguntó él como a quien se le escapa una buena noticia.

Le dije que sí entre besos y algo dentro de mí se incendió. Después de mucho imaginar cómo nos gustaría que se viera nuestra relación, se sintió como el momento correcto, el día cero. Los dos estábamos listos para encontrar una palabra que nos definiera, una que contuviera el amor que habíamos regado durante meses de incertidumbre. Enamorarse durante el fin del mundo era el acto más valiente que no habíamos planeado.

"Todo en el mundo comenzó con un sí", escribe Clarice Lispector en *La hora de la estrella*. Y sí, así es como comienza otro mundo, uno que, sin importar cómo resulte, vale la pena inventar una vez más, las veces que sean necesarias, porque lo mejor de las historias no sucede al inicio ni al final, sino en el transcurso.

CIUDAD DE MÉXICO, UN DÍA DE 2022

Nos siguen separando más de ciento treinta kilómetros, porque hemos decidido que por el momento la distancia es la mejor configuración para nuestra relación. Por primera vez, no tenemos prisa, sabemos que tiempo es lo que nos sobra.

Me ayudaste a mudarme, a mover mis libros y a cargar varias de las historias que siempre me van a acompañar. Comenzamos a jugar con las posibilidades que nos ofrecía ese espacio que de pronto pareció el universo entero. No necesariamente las personas que hacen de una casa un hogar viven en ese espacio. Te regalé un juego de llaves y te pedí que no le llamaras *mi* casa, que sonaba mejor *la* casa, tenía más sentido con esto que ahora es mi vida.

Termino de escribir esto con una taza de café que me preparaste en la mañana y que dejé enfriar a propósito. Tú estás terminando de pintar una pared y sonrío porque estás lleno de presente.

Después de mi último sorbo, al ver el asiento del café, pienso en todo lo que el mar nos muestra cuando baja la marea y en todo lo que esconde cuando sube.

(PARÉNTESIS)

Después de todo, parece que ella sí planeó el fin del mundo para saber lo que se siente escribir su propia historia.

Bajamar

UNO

Cuando cumplí treinta y dos bromeaba con que sería el año en el que comenzarían a aparecer las canas. Y la profecía se cumplió. ¿Cómo detienes el paso del tiempo? No importa cuánto retinol, cremas hidratantes o ácido hialurónico utilices, los años no solo se ven en las líneas de expresión o en las canas. Crecer no puede ser tan sencillo, envejecer no puede ser solo una palabra que se difumina con un sérum o que se cubre con un tinte.

El tiempo se siente como una punzada en el corazón cuando se pronuncian ciertas palabras o, bien, como un nudo en la garganta que buscas disolver con mucha agua cuando te encuentras con alguien que ya no pertenece a tu vida. Aunque también en las fotos que coleccionas de tus amigas soplando las velitas del pastel o al darte cuenta de que casi te has vuelto experta en cocinar huevo estrellado. Las canas en realidad se han convertido en un pequeño trofeo, en un accesorio de la suerte, y las líneas de expresión en un recordatorio de lo que ha sido vivir en un mar convulso. Así que seguirás atesorándolas, porque te encanta esa historia que se siente infinita, mientras las canas dejan de ser unas cuantas y se vuelven muchas.

DOS

Dejé de pronunciar el "para siempre" porque al que yo me había aferrado desapareció y mejor elegí el "mucho tiempo". Te he dicho tantas veces en voz bajita: "Voy a quererte mucho tiempo", porque así es esto del amor, nunca sabes cuándo se te sale de control y otra vez estás pensando en todo el futuro disponible, en aquello en lo que juraste no volver a creer, pero, a quién le miento, amo las historias de amor. Pienso mucho en que si el cincuenta por ciento de los matrimonios terminan en divorcio, entonces yo ya agoté esa estadística y tengo derecho a una nueva, ¿no? Una que no termina en divorcio, una que reconceptualiza el amor bonito desde lo que ahora sabes, porque ahora te conoces y te caes mucho mejor.

Todos estos pensamientos han pasado por mi mente en cada boda a la que hemos ido: Oaxaca, Acapulco, Ciudad de México. Hemos ido a varias y han sido tan divertidas que siempre pienso que la nuestra sería increíble, pero precisamente ahí es donde me detengo: por qué pensar otra vez en algo que no me salió muy bien que digamos. Después viene a mi mente la imagen de nosotros bailando toda la noche, juntos, celebrando este amor tan grande que definitivamente no imaginábamos. Por lo pronto, deseo que todos nuestros amigos sigan celebrando *el suyo* para que también festejemos el nuestro.

(PARÉNTESIS)

Ella ahora le escribe a alguien nuevo, esa segunda persona del plural ha cambiado, ese *tú* ahora está íntimamente enredado en su corazón y en su presente.

   ¿Qué pasaría si esta historia hubiera empezado aquí? Ella ya sabría que es mejor enamorarse de alguien que siempre tiene frío, que la abrazará toda la noche y que, sin pedírselo, va por el queso para las quesadillas cuando ya no hay. Pero nos habríamos perdido las rodillas raspadas, aquel atardecer a las 18:18, el fin del mundo, las *playlists* que ya no existen.

TRES

Aquel día tú y yo estábamos en medio del tráfico, cuando mi mamá me marcó para decirme que tenía que viajar de inmediato a Cancún. Mi abuela ya nos había dado varios sustos, así que le pedí a mi papá que fuera a confirmar, desde su perspectiva médica, que solo estaban exagerando. Yo creía que mi abuela iba a ser para siempre.

Más tarde recibí la respuesta que precisamente no quería recibir y el mundo se encogió tan rápido que sentí que me asfixiaba. Te grité que hacía calor, que prendieras el aire, que me ayudaras a bajarme del auto. "Todo va a estar bien", me dijiste, con esa mirada llena de amor que siempre me das. "Sí, hace mucho calor, pero va a pasar". En tu voz se sentía la claridad de quien ya ha perdido a sus seres queridos y lo ha sobrellevado, a pesar de todo, pero que también tiene la fuerza de sostenerme cuando las piernas me tiemblan.

Tomé un vuelo al día siguiente. Antes de aterrizar vi el mar desde el avión y entendí lo que seguiría. Fue la semana más larga de mi vida: el hospital, el ya no poder escuchar la voz de mi abuela, el sostener su mano y saber que eran las últimas veces. Vi la luz de esa mujer tan fundamental en mi vida apagarse y me di cuenta de que no podía evitarlo. Solo me quedaba disfrutar de ese último resplandor.

El doctor nos pidió que nos la lleváramos a casa, que no había nada más por hacer y todos estaríamos más tranquilos de esa manera. Esos días le ponía a mi abuela "Pajarito colibrí" de Natalia Lafourcade, le contaba sobre las cosas que sucedían en aquel presente, le platicaba de lo enamorada que me sentía y le prometía que estaría bien. Aunque ella no contestaba confirmé que hay conexiones que no necesitan palabras.

Recuerdo que mis tíos la cuidaban en las mañanas y yo me quedaba con las enfermeras en las noches. La pregunta que flotaba en su recámara era cómo aprendería a vivir sin ella. Ese era el temor que me mantenía despierta, y también los audios que me mandaban mis amigas y mi novio, conteniéndome. Sabían que mi silencio representaba la falta de palabras para describir esas ciento cuarenta y cuatro horas que fueron espesas e inhabitables. Nadie nos prepara para celebrar el fin de un ciclo longevo y feliz, solo a sumirnos en un dolor que se siente en cada centímetro del cuerpo.

La noche que ella murió estuvo hecha de pedacitos: fui a cenar con mi papá para celebrar su cumpleaños. Regresé a hacer mi maleta porque tenía que regresar a la Ciudad de México al día siguiente. La vida tenía que seguir y no estaba segura de poder hacerlo. Mi tía me regaló un anillo de mi abuela, una aguamarina. Después perdí un arete y el control de mí misma, y más tarde los recuperé, cuando el enfermero me dijo que era hora de despedirme. Ahí estuvimos mi tía y yo, en esa última parada de su maravilloso viaje de vida.

"Nos vemos siempre", le dije al oído.

(PARÉNTESIS)

Unos días después de la muerte de su abuela recibió un mensaje en Instagram:

"Lamento mucho tu pérdida. Esa persona se fue sabiendo que publicaste un sueño, tu primer libro. Fue como si hubiera estado esperando que lo realizaras. Un fuerte abrazo".

Ese mismo día escribió en el buscador de Google: "Piedra aguamarina significado".

Entre muchas otras cosas leyó sobre cómo el mar se hace presente en este mineral por su color y brillo, que la piedra refleja el color del agua justo cuando en el mar se forma una ola y refracta la luz. También leyó que quien la posee tiene un fuerte vínculo con el océano.

Su abuela y el mar en un mismo anillo.

CUATRO

Nadia no pudo levantarse a saludarme, apenas y podía moverse de aquel sillón, pero yo corrí a abrazarla. Aquel día era una contracción tras otra, el dolor de cabeza, los nervios y la sonrisa de quien está a punto de recibir a alguien que le cambiará la vida para siempre. Me dijo que lo sentía muchísimo con la voz entrecortada y me pidió que le contara todo. No quería hacerlo, para qué hablar de la muerte cuando en unas horas ella daría vida, pero insistió. Una vez más nos encontrábamos en aquella situación, la misma de unos años atrás. En la víspera de los días más importantes estábamos ahí, juntas, sosteniéndonos. La visita fue corta, pero era lo que más necesitábamos la una de la otra.

Cuando era pequeña siempre pensaba que nunca iba a ser tía. Lo que no sabía era que mis amigas se volverían mis hermanas y, sin preguntarme, me darían ese regalo. En todo lo que le platiqué a mi abuela antes de que se fuera, le conté que en unos días me convertiría en tía. Una se iba y la otra llegaba: era el orden natural de la vida, como cuando una planta tira una hojita para echar una nueva. Los nervios, las emociones y todo lo que generan la vida y la muerte habitaban en mí esos días, por lo que cuando Nadia entró en labor de parto y la llevaron al hospital, perdí un poco la cabeza. A las 9:07 de la mañana recibí un mensaje de Jaime: "¡¡TODO EXTRAORDINARIO!! ¡Todo! Las dos perfectas". Entonces respiré.

Unas semanas más tarde volvería a ver a Nadia en ese mismo sillón, pero ahora con su nuevo *más uno* de vida, con esa pequeña que, en cuanto la vi, no pude evitar pensar que así se siente el amor: expansivo, calientito, lleno de un brillo inesperado ante un ser humano que no conoces pero que ya quieres porque proviene de una de las mujeres que más te ha enseñado sobre lo que es ser incondicional.

(PARÉNTESIS)

Ahora ella se ve crecer a través de esa pequeña persona que se convertirá en una mujer a la que, algún día, quizá le dará miedo seguir sus sueños, que llorará porque es difícil ser una misma, a la que también le romperán el corazón. Y ahí estará su tía para recordarle que vale la pena correr todos los riesgos.

CINCO

Tamara tiene una nueva casa de techos altos y ventanas grandes. Un hogar que cuida, en el que se ha hecho muchas preguntas y en el que prepara deliciosos *lattes* con leche de avena. El día que me llevó a conocerla manejaba por el segundo piso del Periférico y me contaba que ahora tenía mucho tiempo para pensar mientras recorría ese trayecto. Me platicó sobre la sorpresa de aniversario que le iba a dar a su esposo y bromeamos con que ya había cumplido más años de los que yo cumplí casada. Claro que nos morimos de la risa.

Ese día le conté que tenía muchas ganas de volver a tener una familia, una que fuera muy mía. Todo eso se me escapó de pronto, como suele pasarme con las declaraciones importantes. Le expliqué que no me refería a los hijos, que, al parecer, el hecho de que mis amigas los tengan me ha dejado muy claro que no son para mí, que yo prefiero ser la tía favorita. Nos volvimos a reír y me agarró de la mano: sabía perfectamente a qué me refería. "Has sido muy valiente viviendo sola, pero no tienes que demostrarle nada a nadie. Solo pide lo que necesitas, aviéntate al vacío, ¿recuerdas?".

Y sí, claro que lo recordé.

(PARÉNTESIS)

Una secuencia de momentos
Es domingo [por supuesto], tiene hambre, ve la tele y se da cuenta de que si viviera con otra persona estaría comiendo en la cama con ese alguien o en algún restaurante.

Una acción, un sentimiento y una lista
Va al súper. Siente un verdadero vacío. Baguette, queso, jitomate, chocolate blanco, Sprite Zero.

Un pensamiento
"Yo una vez tuve con quien compartir los domingos".

Una mala idea
Entrar a Facebook y toparse con fotos de bebés, bodas. Su boda, su pasado.
     Eliminar, eliminar, eliminar. Cerrar.

Un nudo en la garganta
Ella ya no quiere vivir sola, quiere acurrucarse con su persona favorita y combatir juntos los domingos de bajón.

Un mensaje enviado.

SEIS

Me gusta observarte mientras duermes y en tu almohada está recostada Leia. Ella también ha aprendido a compartir la cama contigo, a pasear a tu lado, a quererte tantísimo, porque huele que soy feliz a tu lado. Es parte de ese lenguaje que solo nosotras conocemos.

Es curioso cómo pasamos de ser "menos" novios y solo vernos una vez al mes o cada quince días, a vernos cada vez más seguido, y así vislumbrar lo que sería vivir juntos. Comienzo a entender que no solo somos un ratito, que no te me vas a acabar. Cuando te abrazo, hueles a hogar y es ahí en donde quiero estar, desafiando esa estadística del cincuenta por ciento.

Una familia somos tú, yo y dos perros. Los ronquidos de Tupac y la mirada inquisitiva de Leia. Una familia es lo que sea que queramos que signifique. Así de bonito y complejo.

SIETE

¿Cómo se escribe el amor en presente? Cuando te acabas de inventar un nuevo apodo, cuando te reíste de algún chiste muy improvisado, cuando das un beso suavecito que todavía palpita en los labios, cuando unos brazos te envuelven y no quieres moverte. ¿Acaso el amor solo está hecho para escribirse en pasado? Cuando ya acabó y queda solo la ausencia, el sinsabor y el otro lado de la cama ya se enfrió.

Quiero escribirte en presente, hablar de ese tatuaje tan mío que tienes en la espalda y de este tatuaje tan tuyo que tengo en la costilla. De lo difícil que es elegir qué ver en la tele cuando estamos juntos y de las citas que tenemos sin salir de casa. De cómo tu sabor favorito de chicles es el de canela y cómo ningunos chilaquiles te parecen perfectos porque no te pican. Eso es escribir el amor en presente, despertarme como solo tú sabes hacerlo, el roce de tus dedos que se ha vuelto un lenguaje para mi cuerpo, la certeza que me da tu mano en mi rodilla mientras manejas y la salsa macha de tu mamá en mis quesadillas.

¿Cómo mantenemos el presente en el futuro del amor? Porque yo quiero que seamos presente durante mucho tiempo.

(PARÉNTESIS)

La custodia compartida la hace ver a su pasado más veces de las que se habría imaginado, ambos han aprendido que lo único que sobrevive de su historia se lo quedó Leia, pero la vida siguió y fue mejor el uno sin el otro.

La última vez que se vieron ella le contó que había ido al concierto de Taylor Swift y lo que siguió fue cualquier trivialidad que ahuyentó el pensamiento de *1989* sonando en *loop* en un coche que ya no existe.

No hay errores en la trama, solo agradecimiento.

OCHO

Me llegan las fotografías que me tomé con María hace unas semanas. Era un plan raro, la verdad. Aceptó, aunque con reservas. Mientras estuvimos ahí nos divertimos haciendo caras y platicando con la fotógrafa. Nos veo tan felices que nadie pensaría que ya se nos ha acabado el mundo un par de veces y que nos hemos salvado la vida la una a la otra. Lo que sí se ve es la complicidad basada en los audios que nos mandamos todas las mañanas y en las canciones que le compongo solo para ella y que ojalá nunca nadie descubra. Ahora su vida también es completamente distinta. Podemos improvisar un café en la mañana o invitarnos a comer a la casa de la otra; ya no vive en ese departamento que por poco se inunda de tanto llorar. Su *roomie* ya no es Elena, su trabajo tampoco es el mismo, pero, sin importar cuántas canas nos salgan, decidimos hacernos viejitas juntas, y también seguir apareciendo en algunas ficciones.

(PARÉNTESIS)

A ella siempre le había gustado más la idea del mar, contemplarlo, no correr riesgos. Como a quien le gusta la lluvia, pero prefiere solo verla y no mojarse.

Esta vez ha decidido sumergirse por completo. Emparse. Ya después pensará en todo lo demás.

AGRADECIMIENTOS

Esta nueva edición de *El mar está lleno de medusas* es un recordatorio de que todo llega en su momento, pero no habría sido posible sin todas esas lectoras que lo han recomendado hasta el cansancio y que han estado ahí en historias de Instagram, en las presentaciones y en cada paso que he dado. Somos lectoras antes y después de todo.

Gracias a Ana Sofía y a Eloísa por creer en este proyecto y en mí, y permitir que exista en todas sus versiones posibles. Son el mejor equipo para hacer de los sueños una realidad.

A Daniel por encontrar un nuevo lenguaje para la portada y los interiores de este mar. Y por los helados.

Creo que ni esta vida ni todos los libros serán suficientes para agradecer la existencia de Nuria, Jos y Tammy, por toda la magia que traen a mis días y por enseñarme a verme a través de su mirada.

Beto, es curioso cómo este libro es lo que es porque me permitiste ver el amor desde un lugar distinto y recordar lo increíble que es recorrer el camino en compañía.

Mamá, papá, gracias por no cuestionar nada y por permitirme ser todas las versiones posibles de mí misma.

Naya, Papá, no hay día que no los extrañe, pero ustedes siempre creyeron en mí, así que me toca hacer lo mismo. Su amor llena todos los espacios.

A Paula y a Fer, porque crecer juntas es la aventura más bonita que jamás imaginé.

ÍNDICE

El mar está lleno de medusas de Paola Carola
se imprimió en mayo de 2024
en los talleres de
Litográfica Ingramex, S.A. de C.V.,
Centeno 162, 1, Col. Granjas Esmeralda, C.P. 09810,
Ciudad de México.